Les plus beaux récits du Japon

Les enquêtes du juge Ooka

Les plus beaux récits du Japon

Les enquêtes du juge Ooka

Texte de Věnceslava Hrdličková et Zdeněk Hrdlička
Adaptation française de Dagmar Doppia
Illustrations de Denisa Wagnerová

Gründ

GARANTIE DE L'ÉDITEUR

Pour vous parvenir à son plus juste prix, cet ouvrage a fait l'objet d'un gros tirage. Malgré tous les soins apportés à sa fabrication, il est malheureusement possible qu'il comporte un défaut d'impression ou de façonnage. Dans ce cas, ce livre vous sera échangé sans frais. Veuillez à cet effet le rapporter au libraire qui vous l'a vendu ou nous écrire à l'adresse ci-dessous en nous précisant la nature du défaut constaté. Dans l'un ou l'autre cas, il sera immédiatement fait droit à votre réclamation.
Librairie Gründ – 60, rue Mazarine – 75006 Paris

Texte original de Věnceslava Hrdličková et Zdeněk Hrdlička
Adaptation française de Dagmar Doppia
Illustrations de Denisa Wagnerová
Arrangement graphique par Marta Sonnbergová
Secrétariat d'édition : Jeanne Castoriano

Première édition française 1993 par Librairie Gründ, Paris
© 1993 Librairie Gründ pour l'adaptation française
ISBN : 2-7000-1650-5
Dépôt légal : octobre 1993
© 1993 Aventinum, Prague
Imprimé en Slovaquie par Neografia, Martin
1/20/14/53-01

Loi n° 49-956 du 16 juillet 1949 sur les publications destinées à la jeunesse

SOMMAIRE

Introduction...7
La quête de la vérité et de la justice...9
Ooka et le noble braconnier...23
L'aveu d'un serviteur fidèle...35
Le jeune garçon et le canard...43
Le litige des deux mères...47
Vol dans une boutique d'antiquaire...57
Ooka et les deux honnêtes hommes...65
Un cheval qui savait parler...78
La dette remboursée...94
L'infaillibilité de Ooka...105
La statue ligotée...129
Litige du barbier et du bûcheron...137
Un charme contre les pertes de mémoire...147
La sagesse de Ooka...159
Un palanquin beaucoup trop cher...165
Le saule témoin...171
Ooka et les voleurs...179
Comment choisir le meilleur ?...195

SOURCES :

Une partie des contes fut recueillie directement sur le terrain, les histoires du juge Ooka faisant toujours partie du répertoire des conteurs japonais.

BIBLIOGRAPHIE :

– Shinzo Oisi, Ooka Echizen Kami Tadasuke, Iwanami shoten, Tokyo 1980

– Yoshikawa Eidji, Ooka Echizen, Kodancha, Tokyo 1980

INTRODUCTION

Nous pourrions commencer comme dans un conte : « Il était une fois un juge qui se nommait Ooka... », mais il se trouve que le héros de notre recueil était un personnage réel qui vivait au Japon et dont la bonté et la générosité marquèrent si fort ses contemporains qu'on en parle aujourd'hui encore.

Ooka vivait et exerçait ses fonctions pendant une période comprise dans une ère de longue durée que l'on connaît dans l'histoire du Japon sous le nom de période Edo (1615-1868). Cette époque portait le nom d'une ville qu'avait choisie pour capitale une dynastie de chefs militaires dont le titre se transmettait de façon héréditaire : les shogun du clan des Tokugawa.

Kyoto maintint toutefois son rang de capitale de l'Empire. Privé de son pouvoir, mais conservant ses titres et recevant les honneurs qui lui étaient dus, l'empereur vivait en retrait dans cette ancienne cité, entouré de sa cour.

Les Tokugawa introduisirent une discipline militaire très stricte dans la vie du Japon médiéval, régime qu'ils maintinrent pendant toute la durée de leur règne, en dépit de la paix absolue dans laquelle vivait le pays. Les samurai, membres d'une caste privilégiée de guerriers, ne sortaient pas sans leurs deux épées pour susciter la crainte et maintenir l'esprit d'obéissance dans la population. Ils avaient le droit de décapiter impunément n'importe qui : il suffisait pour cela qu'on se trouvât malencontreusement sur leur chemin.

Les Tokugawa éprouvaient une peur maladive à l'idée de toute velléité de résistance ou d'une influence étrangère. Pour cette raison, ils isolèrent l'Empire du monde extérieur. Personne n'avait le droit de sortir des îles du Japon, personne ne pouvait y accoster. On cessa même de construire des bateaux pouvant supporter de longues traversées.

En ces temps d'esclavage et de cruauté, les hommes cherchaient spontanément une consolation dans les contes et légendes où la sagesse et la justice triomphaient toujours du mal et de l'oppression. Ils y mettaient tous leurs espoirs et le désir d'un avenir où ils pourraient enfin vivre dignement, délivrés de la peur. Voici donc le terreau où s'enracinaient les histoires du juge Ooka.

La quête de la vérité et de la justice

Au XVIIe siècle, le clan aristocratique des Tokugawa constitua la troisième, la dernière et la plus importante des dynasties shogunales. Ils élevèrent l'illustre famille des Ooka au rang des hatamoto, chevaliers placés sous leur vassalité.

Ooka Tadasuke naquit en 1677, quatrième fils d'une famille qui comptait également six filles. Son nom d'enfant fut Petit Cheval. Jusqu'à l'âge de dix ans, il vécut heureux et tranquille dans la maison de son père, l'idée ne lui venant même pas à l'esprit qu'il pût en être autrement. Un jour, cependant, sa mère vint le chercher dans le jardin où il était en train de jouer avec ses frères sous un arbre majestueux.

« Petit Cheval, ton père souhaite te parler. Il t'attend dans la salle d'étude »,

dit-elle. La tristesse de sa voix surprit le petit garçon qui n'osa toutefois pas l'interroger. Une discipline stricte régnait dans les familles des hatamoto, de sorte que les enfants obéissaient au doigt et à l'œil à leurs parents. Aussi, Petit Cheval se leva d'un bond et courut rejoindre son père. Il pénétra dans la véranda de la salle d'étude, se mit à genoux et s'inclina jusqu'à toucher le sol de son front. Son père lui demanda :

« Connais-tu ton oncle Tadazane ? »

« Oui », répondit poliment Petit Cheval sans comprendre pour autant le sens de cette question. En effet, son père savait parfaitement qu'il connaissait bien son oncle.

« Tu deviendras son fils », fit le père sur un ton qui ne souffrait pas la contradiction.

Tout d'abord, Petit Cheval ne comprit pas ce que son père voulait dire. N'avait-il pas ses parents, ses frères et sœurs qu'il aimait de tout son cœur ? L'idée qu'il allait un jour les quitter ne lui avait jamais effleuré l'esprit. Pourtant, il n'osa pas protester.

« Tu sais que c'est le fils aîné qui devient l'héritier et le chef de la famille », poursuivit son père. « Tu es le cadet de mes quatre fils, de sorte que tu n'as aucun avenir dans cette maison. Ton oncle, qui n'a pas de descendant mâle, souhaite que tu continues sa lignée. Comprends-tu cela ? »

« Oui », fit le garçon, la gorge serrée.

« À compter d'aujourd'hui, considère ton oncle comme ton père », entendit-il encore. La voix de son père semblait lui

venir de loin. Ses yeux se remplirent de larmes.

« Quand me faudra-t-il partir ? » dit-il au bout d'un moment.

« Demain », proféra son père sans ciller. « C'est tout ce que j'avais à te dire. Tu peux disposer. »

« Ah, si je pouvais changer mon destin ! » se répétait Petit Cheval le soir, ne trouvant pas le sommeil.

Il n'avait pas encore atteint l'âge de dix ans et il devait déjà se séparer de ses parents. Il avait beau réfléchir, il n'arrivait pas à concevoir que dès le lendemain, il ne vivrait plus là, dans cette maison accueillante où il avait vu le jour et dont il connaissait le moindre recoin.

Soudain, la porte coulissa avec un bruissement léger, laissant apparaître le visage de sa mère.

« Tu as beaucoup de chance », dit-elle, mais sa voix tremblait. « Je ne t'oublierai jamais », ajouta-t-elle tout bas, et elle disparut sans donner à Petit Cheval le temps de se ressaisir.

Le lendemain, on présenta officiellement le petit garçon à ses nouveaux parents et on célébra une cérémonie qui fit de lui le fils de Ooka Tadazane. Il s'installa dans la demeure silencieuse de son oncle où il se languissait de la joyeuse compagnie de ses frères et sœurs à laquelle il était habitué. Chez son oncle, tout lui pesait. Chaque fois que l'occasion se présentait, Petit Cheval courait chez lui, ne fut-ce que pour un moment.

Sa mère l'accueillait toujours à bras ouverts, mais son père se montrait distant, fidèle à une morale sévère selon laquelle les valeurs essentielles étaient la discipline et l'obéissance, peu importe ce qu'on en ressentît vraiment.

Petit Cheval faisait de son mieux pour aimer ses parents adoptifs, mais ses efforts se révélèrent vains. Les jours passèrent, la fin de l'été arriva et avec elle, la fête nommée *Bon* où tout le monde sortait dans les rues d'Edo pour chanter et danser. Sa nouvelle maman prépara un baluchon de petits gâteaux et demanda à Petit Cheval de les porter à ses frères et sœurs.

Le petit garçon s'empara joyeusement du paquet et courut chez lui à toutes jambes. Hélas, la journée dans sa maison natale passa plus vite qu'il ne l'avait pensé, et à la tombée de la nuit, il n'éprouva pas la moindre envie de rentrer. Une soudaine indigestion, causée par les friandises dont il s'était gavé dans la journée vint fort à propos. Il soupirait et gémissait tant et si bien que sa mère lui prépara une tisane et le mit au lit. Petit Cheval eut tôt fait d'oublier sa douleur, apaisé par ses soins attentifs. Au comble de la félicité, il se roula dans les couvertures pour s'endormir aussitôt. Des pas le réveillèrent au beau milieu d'un rêve. Il ouvrit les yeux et vit le visage sévère de son père qui se penchait au-dessus de lui.

« Lève-toi et rentre chez toi », lui ordonna le vieil Ooka.

« Mais il est malade… », objecta faiblement la voix de sa mère derrière la porte.

« Raison de plus pour qu'il rentre chez lui au plus vite », insista le père. « Quand on est malade, on se soigne sous son toit et pas chez les étrangers. »

Étrangers, étrangers… ces paroles résonnèrent longtemps dans les oreilles de Petit Cheval. Rien à faire, il dut se lever et se mettre en route.

Après avoir marché un bon moment, il entendit une voix qui l'appelait :

« Attends, je vais t'accompagner ! »

C'était son frère aîné Tadashina qui s'était échappé à l'insu de leur père, pour rester encore un peu avec son frère.

Par la suite, Ooka n'oublia jamais cet épisode. Devenu magistrat et haut fonc-

tionnaire, il se montra toujours bienveillant envers les enfants, car il se rappelait quelles souffrances ils enduraient parfois dans le monde des adultes.

Cinq années passèrent. Petit Cheval montrait de plus en plus d'intérêt pour les livres, et ses nouveaux parents, auxquels il finit par s'habituer, n'eurent aucune raison de se plaindre de lui. Vint son quinzième anniversaire et, avec lui, la fin de l'enfance.

Désormais, on cessa de l'appeler Petit Cheval pour lui attribuer son nom d'homme adulte.

À la même époque, une menace obscure commença à peser sur les Ooka sans qu'ils s'en doutent. Au contraire, tout semblait aller pour le mieux. Tadashina, le frère aîné de Ooka, jouissait de la faveur particulière du shogun Tsunayoshi. Il fut probablement le seul à savoir à quel danger il s'exposait, car Tsunayoshi était connu pour son tempérament virulent et versatile. Un jour il arriva, en effet, que le jeune homme, droit et honnête, déplût au tout-puissant shogun qui le condamna sous l'empire de la colère à l'exil sur l'île déserte d'Hatchijojima d'où il était im-

possible de s'évader. Cet événement se produisit sous l'empereur Higashi-Yama, au cours de l'été de la sixième année de l'ère Genroku, ce qui correspond selon notre calendrier à l'année 1693.

À cette époque, les punitions ne frappaient pas uniquement les fautifs, mais également toute leur famille. Le père de Tadashina fut immédiatement démis de ses fonctions, et on lui interdit d'apparaître devant le shogun. Cela signifiait qu'il ne pouvait même pas implorer la grâce pour son fils.

Ooka avait alors dix-sept ans. Élevé dans la vénération du chef militaire qui tenait entre ses mains le destin du pays tout entier, il avait une foi inébranlable en sa justice et sa sagesse. Cependant, il connaissait bien son frère et le savait incapable d'une vilenie. En dépit de cela, la destinée de celui-ci bascula du jour au lendemain : le soleil des faveurs shogunales disparut, le plongeant dans les ténèbres du déshonneur.

Indigné par cet événement, le jeune Ooka négligeait ses études pour errer des journées entières dans les rues d'Edo. Dans le labyrinthe des ruelles, sur les marchés animés où il côtoyait les plus pauvres parmi les pauvres, il apprit à connaître la vie de ses contemporains. On menait alors une existence tout à fait étrange. Le guerrier samurai pouvait décapiter qui bon lui semblait pour la moindre parole jugée inconvenante. Le shogun Tsunayoshi ordonnait ce qu'il lui passait par la tête, sans qu'on osât s'opposer à lui. On l'avait surnommé le Shogun des Chiens, non parce qu'il était né dans l'année du Chien, l'une des douze figures animales du zodiaque oriental, mais parce qu'il préférait les chiens aux hommes. Il avait fait annoncer publiquement l'interdiction de tuer les chiens, mais aussi d'autres animaux, y compris les poissons et les oiseaux. Il pensait s'attirer ainsi les bonnes grâces de Bouddha pour qu'il lui accordât un descendant mâle, car son fils unique était mort en bas âge. Un seul châtiment attendait quiconque aurait bravé cette interdiction : la peine de mort.

Pour mourir décapité, il suffisait d'être pris en train de tuer un chien ou un autre animal. Le shogun fit rechercher à Edo tous les chiens errants pour les recueillir dans des refuges où des serviteurs dévoués prenaient soin de dizaines de milliers d'animaux.

Les Japonais souffraient moins de l'interdiction de tuer les chiens que de celle de pêcher le poisson et autres animaux marins, partie indispensable de leur alimentation. La terreur commença à se répandre depuis Edo pour gagner toutes les îles du Japon.

« Si cela continue, nous mourrons tous de faim », se disait le peuple. Bien que la colère les rongeât, les gens n'osaient l'exprimer publiquement, car les sbires du shogun étaient omniprésents.

Ooka partageait la souffrance du bas peuple comme s'il en faisait partie. Il errait souvent dans les environs des chenils, en compagnie de son ami Œil de Tigre, se demandant ce qu'il fallait faire pour obliger le shogun à lever l'interdiction. Hélas, la situation semblait sans issue. Les deux garçons finirent par attirer l'atten-

tion des gardes. Un jour, alors qu'ils essayaient d'escalader la clôture du chenil, les gardes les prirent en chasse. Les jeunes gens s'échappèrent non sans peine pour se réfugier dans le quartier pauvre, situé près du Pont aux Saules. Pendant longtemps, Ooka n'osa rentrer chez lui.

Toutes les recherches que ses parents entreprirent pour le retrouver se révélèrent vaines, comme si la terre l'avait englouti. Ooka acquit, en ces temps difficiles, un savoir pratique qu'aucun livre au monde n'aurait pu lui donner. Vivant à la fortune du pot, il apprenait le langage des journaliers, des artisans et des mendiants, profitant ainsi d'une expérience précieuse qui lui servit maintes fois par la suite pour juger avec équité et finesse tous ceux qui, accusés d'un crime, se présentaient devant son tribunal.

Il finit par retourner chez ses parents adoptifs et se consacra à l'étude des livres anciens pour y puiser l'enseignement et le réconfort.

La vie continuait son cours. Lorsque à l'aube du nouveau siècle, en 1700, mourut son père adoptif, Ooka devint le chef de cette branche familiale. En dépit de sa jeunesse, la réputation de son esprit, de sa pondération et sa sagesse ne tarda pas à

se répandre à mille lieues à la ronde. Dès cette époque, les gens venaient lui demander conseil, et personne ne fut étonné lorsqu'on lui confia la fonction de garde des appartements intérieurs du palais shogunal.

Un an plus tard, le 22 novembre, Edo connut un terrible tremblement de terre. Des maisons, des murailles, des ponts s'écroulèrent, des milliers de personnes moururent sous les décombres. Des incendies ravagèrent la cité ; partout, on n'entendit que les lamentations des hommes, les aboiements et les hurlements des chiens.

En ces moments tragiques, Ooka fit preuve d'une telle présence d'esprit et d'une telle bravoure pendant son service au palais qu'il fut remarqué par le shogun en personne. Celui-ci lui confia d'ailleurs, par la suite, plusieurs fonctions de responsabilité.

À l'âge de trente-six ans, Ooka fut nommé premier magistrat et maire de la ville de Yamada, située sur la côte est de l'île de Honshu. Une fois de plus, il put faire preuve de son sens de justice. En jugeant les différents délits qui lui étaient présentés, il réalisait pleinement la cruauté des lois en vigueur. Comme ce n'était pas dans son pouvoir de les modifier, il cherchait néanmoins le moyen de les contourner, afin de soulager la souffrance des malheureux, tombés entre les mains de la police shogunale. En avance sur son temps, Ooka refusait qu'on torturât les

accusés, exigeait qu'on étayât les accusations par des preuves et tenait compte des circonstances atténuantes. Il travaillait avec passion et rien ne lui était plus étranger que la froide indifférence devant le sort des inculpés qui était alors de mise parmi les magistrats.

Les habitants de Yamada ne tardèrent pas à prendre Ooka en affection. La réputation de ses jugements inhabituels se répandit dans tout le pays et parvint jusqu'à Edo. Ooka attira également l'attention du futur shogun Yoshimune qui vivait à Yamada dans le fief de son père.

Après quatre ans d'activité dans cette contrée, Ooka fut rappelé à Edo où on le chargea d'administrer les ponts, les barrages et l'alimentation en eau de la ville. Il perfectionna le système de distribution de l'eau qui existait déjà en partie dans cette ville médiévale et fit bien plus pour le bien-être de ses concitoyens que ne lui imposaient ses obligations.

Peu de temps après, Yoshimune devint le huitième shogun de la dynastie des Tokugawa. En entrant dans ses fonctions, il changea tous les hauts fonctionnaires. À cette occasion, il confia à Ooka la très importante fonction de *machibugyo*, l'un des deux maires d'Edo qui comptait alors presque un million d'habitants. En même temps, Ooka continuait à remplir sa mission de magistrat, ce qui lui valut le titre de prince d'Echizen, sous lequel on le connaît aujourd'hui encore.

Ooka tenait beaucoup à ce que chaque cas fût parfaitement instruit. C'était une nouveauté pour les fonctionnaires du tribunal qui avaient du mal à l'accepter. Il

pesait longtemps le pour et le contre lorsque la loi l'obligeait à prononcer un verdict impitoyable et condamner un accusé à mourir crucifié ou brûlé sur un bûcher. Un jour, on lui amena un commerçant qui, sans le savoir, avait acheté de la marchandise volée. Le vrai coupable – le voleur – avait pris la fuite. Comme à l'accoutumée, les gardes avaient passé les menottes au commerçant et l'avaient consigné chez lui, en attendant que son cas fût jugé. Hélas, le malheureux se mit dans la tête de retrouver coûte que coûte le voleur. Il brisa ses chaînes et partit à sa recherche. Bien entendu, il fut vite capturé. Pour avoir brisé ses chaînes, il encourait un châtiment exemplaire : être pendu devant l'entrée du tribunal.

Ooka resta longtemps à considérer le visage honnête de l'accusé, mortellement effrayé. Il entendit les témoins qui lui confirmèrent que, jusqu'alors, l'homme avait mené une vie irréprochable.

« Es-tu Matsunoya Wasuke ? » finit-il par demander.

« Oui », répondit le commerçant

d'une voix presque inaudible et résignée.

« Et où cela est-il arrivé ? »

L'homme regardait le juge sans comprendre.

« Voyons, dis-moi, où es-tu tombé exactement ? »

Le malheureux ne comprenait toujours pas.

« Où as-tu brisé tes chaînes en tombant ? »

Enfin, la lumière se fit dans l'esprit de l'accusé.

« Chez moi, Excellence. J'ai trébuché sur un pas de porte », fit-il en lançant un regard de reconnaissance à Ooka qui venait de lui sauver la vie.

Ce n'est pas uniquement par ses verdicts équitables que Ooka laissa un souvenir dans le cœur des habitants d'Edo. Il obtint que cette ville, construite toute en bois et plusieurs fois détruite depuis ses origines par des incendies ravageurs, eût son corps de pompiers choisi parmi la population et que chaque grand quartier possédât une tour de guet d'où les gardes pouvaient annoncer le feu en faisant sonner des cloches.

Ooka ne se contentait pas de faire son devoir, mais se donnait corps et âme à son travail. Il allait toujours au fond des choses et ne laissait passer aucune occasion d'aider les hommes dans leur existence difficile. Pour se tenir au courant de leurs malheurs, il obtint du shogun Yoshimune l'autorisation de placer trois fois par mois des boîtes devant l'entrée du tribunal afin que les habitants de la ville y déposassent des billets exprimant leurs doléances et leurs suppliques.

En les lisant, Ooka réalisait pleinement ce qu'il restait à faire pour rendre la vie à Edo plus aisée. Chaque fois il constatait quelle catastrophe représentait la maladie pour les pauvres. Maintes fois les hommes devaient se résoudre à voler pour pouvoir soigner leur enfant, leur femme ou leurs vieux parents. Ceux qui vivaient seuls, mouraient sans assistance, plus misérables que les chiens errants.

Ainsi, Ooka prit-il la décision de faire construire à Edo un hôpital où on soignerait les malades gratuitement. Il réalisa son projet, non sans peine. On construisit l'hôpital dans le quartier de Kanda, dans un lieu nommé Ogawa. Ce fut le premier du genre dans l'histoire du Japon.

Après vingt années de magistrature en

tant que *machibugyo,* Ooka fut nommé juge suprême. L'une des attributions de sa fonction était de s'occuper de tous les grands temples japonais.

Par la suite, Ooka fut encore plusieurs fois comblé d'honneurs, mais les forces commencèrent à lui manquer. Au cours de l'automne 1751, il sollicita l'autorisation de prendre sa retraite et mourut peu de temps après, à l'âge de soixante-quinze ans. Il fut enseveli dans le caveau familial, au temple Jogenji à Chigasaki, dans l'actuelle préfecture de Kanagawa. Dans cette ville située au bord du Pacifique, on célèbre chaque année, au début du mois d'avril, des festivités à la mémoire de Ooka, pendant trois jours. Les habitants de la ville défilent vêtus de costumes médiévaux, les pompiers qui considèrent Ooka comme leur protecteur complétant la cérémonie. Les visiteurs ne manquent pas d'emporter lors de la fête une reproduction d'un précieux rouleau conservé au temple. Il porte une inscription calligraphiée dont le souvenir mérite d'être cultivé et qui proclame : Louez vos sages.

Ooka et le noble braconnier

L'histoire que je vais vous conter est arrivée à l'époque où Ooka remplissait encore ses fonctions de juge dans l'ancienne cité de Yamada. Sa nomination l'obligeait à quitter Edo pour quelques années, ce qui le peinait beaucoup. Il était très attaché à cette ville où il avait vu le jour et où il avait vécu des moments heureux et pénibles. Il la connaissait resplendissante de beauté, au moment où les cerisiers étaient en fleurs et où, les jours de beau temps, le sommet enneigé du Fuji, la plus célèbre montagne du Japon, apparaissait tel un sortilège à l'horizon. Il y vécut aussi des jours tragiques de tremblements de terre et d'incendies.

Ce qui le peinait le plus, c'était de faire ses adieux aux « enfants d'Edo », comme

on appelait alors ses habitants. On les identifiait d'emblée à leur façon de rouler les « r » et à leur tempérament insouciant. « À quoi bon se tracasser pour ce qui nous arrive ? » disaient-ils. « On verra bien ce que nous réserve demain. » Le soir venu, ils dépensaient l'argent gagné dans la journée, car ils aimaient s'amuser. Les soirs d'été et les jours de fête, les baraques de forains installées à Ryogoku, quartier de loisirs d'Edo, étaient constamment prises d'assaut.

Et voilà que le shogun mutait Ooka à Yamada. Le juge n'avait qu'à s'incliner. À cette époque, les gens modestes voyageaient à pied, bâton à la main, leur baluchon au dos. S'ils avaient deux paquets, ils les suspendaient à une perche qu'ils portaient en équilibre sur l'épaule. Ils allaient par monts et par vaux, avec l'herbe pour tout oreiller. Bien entendu, un haut fonctionnaire comme Ooka voyageait dans un palanquin en bois laqué de noir, orné de motifs dorés et du blason familial, escorté par une importante suite armée. Des serviteurs portant les symboles de la fonction de Ooka et des lampions avec l'inscription « Sur l'ordre du shogun » ouvraient la marche. Ils criaient aux passants de dégager la route. Les porteurs étaient spécialement choisis pour leur endurance. Ils avançaient d'un pas cadencé pour ne pas secouer le palanquin et incommoder le noble passager. En dépit de toutes ces précautions, le voyage semblait interminable : le convoi empruntait des routes poussiéreuses, traversait les ponts, franchissait les rivières à gué ou avec l'aide d'un passeur, passait par les défilés et les vallées des montagnes, par les villes animées, les villages paisibles et les endroits isolés où les bandits guettaient le voyageur. Ceux-ci n'osaient pas s'attaquer à l'escorte armée du dignitaire. Ooka et sa suite s'engagèrent sur le Tokaido, principale voie de communication du pays qui reliait la ville impériale de Kyoto avec Edo. Près de la petite ville de Yokkaichi, le convoi s'écarta de la route principale afin de poursuivre ses pérégrinations le long de la magnifique côte.

Un jour, Yamada surgit enfin devant les yeux du voyageur. La ville s'étendait dans un cadre pittoresque de rizières dont les terrasses remplies d'eau scintillaient au soleil comme une myriade de miroirs polymorphes. Au fond, le sommet du volcan Asama dominait le paysage. Les rafales de vent étaient chargées des embruns de la mer, au bord de laquelle se trouvait le port animé de Toba. Dans les criques abritées, les femmes des pêcheurs exploraient les profondeurs pour en rapporter les huîtres perlières.

Yamada reçut le nouveau juge avec les honneurs dus à sa fonction. Ooka considérait avec intérêt la foule qui l'entourait et dont l'attitude exprimait aussi bien la curiosité que l'incertitude légitimes : un fonctionnaire de son rang avait droit de vie et de mort sur tous les habitants de la région. S'il devait se révéler cruel et peu soucieux de la justice, il aurait pu causer de grands malheurs.

Dès le lendemain de son arrivée, Ooka se rendit avant l'aube à la plage de Futami, à Ise, où dans la mer se dressent deux rochers, un grand et un petit, qu'on appelle

25

les « rochers des époux ». Selon une vieille légende, ces deux îlots rocheux représentaient un couple de divinités, Izanagi (le Ciel) et Izanami (la Terre), fondateurs de l'empire insulaire du Japon.

À l'horizon, la sphère ardente du soleil émergeait lentement de la mer. Ému et fasciné par la beauté de ce spectacle insolite, Ooka décida en son for intérieur de faire tout son possible pour gagner la confiance et l'amour du peuple de Yamada. Fort de sa résolution, il se rendit au tribunal où il s'acquitta sans délai de ses devoirs. Sa tâche ne fut pas facile. L'une de ses attributions était de veiller sur les temples d'Ise, sanctuaire le plus vénéré du Japon. Dans une vieille pièce de théâtre on chante qu'il ne suffit pas de le contempler

une fois dans son existence. On souhaite alors naître une seconde fois pour pouvoir retourner dans ces lieux. Le chant n'exagère rien. Les bâtiments en rondins non vernis du cyprès japonais, d'une simplicité saisissante, brillent de loin d'un éclat immaculé.

Depuis des temps immémoriaux, les temples d'Ise étaient la destination des pèlerins du pays tout entier. Pendant des jours et des jours, ils foulaient la poussière ou la vase des chemins, bravant la canicule ou les intempéries, chaussés des sandales en paille des pèlerins. Faisant preuve d'humilité et de modestie, ils ne vivaient que des aumônes que les braves gens voulaient bien leur faire.

Au cœur du grand temple, protégés

Terre pour régner sur l'archipel du Japon actuel.

Un jardin très ancien entoure les temples. Des lacs et des pièces d'eau dorment à l'ombre des arbres séculaires dans un silence sacré. Personne n'aurait osé troubler cette paix par crainte d'un terrible châtiment. Et pourtant, il s'était présenté un profanateur, peu de temps avant l'arrivée de Ooka à Yamada.

Il s'agissait de Yoshimune, fils du puissant prince de Kii, proche parent du shogun Ienobu qui gouvernait alors le pays. Yoshimune était connu pour son tempérament généreux, mais indomptable. Il essayait bien de réparer les dégâts causés par son manque de pondération, mais c'était généralement trop tard. Cela ne l'empêchait pas de dormir : il connaissait le pouvoir de son père et se croyait invulnérable. Il n'en faisait donc qu'à sa tête, sans se soucier de l'opportunité de l'endroit ou du moment.

Sa plus grande passion était la pêche, mais il s'était lassé des rivières et des lacs du domaine paternel. Il trouvait beaucoup plus excitant de franchir les frontières interdites du parc sacré du sanctuaire d'Ise et de pêcher dans les lacs et ruisseaux qu'aucun pêcheur n'aurait osé approcher et où, à plus forte raison, il n'aurait tenté plonger ses filets. Yoshimune et ses comparses, en revanche, se comportaient là comme en pays conquis. Ils pataugeaient dans l'eau et effarouchaient les poissons et les oiseaux. Ils s'y rendaient avant l'aube, munis de leurs cannes et de leurs nasses. Les gardiens du temple les voyaient repartir après le lever du so-

par la muraille des barrières, sont déposés les trésors sacrés du pays. Le plus précieux d'entre eux est un miroir octogonal, à l'abri des regards du simple mortel. On raconte que dans le lointain passé, celui-ci fut exécuté pour faire sortir Amaterasu, la déesse du Soleil, de la grotte où elle s'était cachée. Plus tard, elle l'aurait offert à son petit-fils Ninigi lorsqu'il fut envoyé sur la leil, chargés d'une pêche abondante. Ils n'osaient pas lever la main sur eux, tout en sachant qu'ils ne faisaient pas leur devoir.

On ne pouvait étouffer indéfiniment une telle affaire. Le bruit de ces expéditions échevelées parvint jusqu'aux oreilles du juge de Yamada alors en fonction. Sur le point de prendre sa retraite à cause de son âge avancé, le prédécesseur de Ooka ne voulut rien savoir du cas de ces braconniers d'aussi haute naissance, tout en réalisant pleinement qu'il n'aurait pas dû laisser impunie une telle profanation. Certes, au fond de son âme, il était profondément indigné par tant d'audace, sans cependant jamais le montrer. Pour être tout à fait franc, la justice et l'ordre le préoccupaient moins que la crainte de tomber en disgrâce auprès du puissant prince de Kii qui ne jurait que par son fils et ne lui refusait rien.

Aussitôt installé dans ses fonctions, Ooka fut mis au courant du penchant pour le braconnage du jeune noble et de ses compagnons. L'un des fonctionnaires les plus haut gradés du tribunal prit sur lui de l'affranchir, avec mille précautions et détours.

« Est-ce bien vrai ? Avez-vous des preuves ? » s'enquit Ooka, incrédule.

« Oui, Excellence. Les gardiens du temple peuvent vous le confirmer. »

« Dans ce cas, convoque immédiatement tous ceux qui sont responsables de la paix et de l'ordre dans les temples », ordonna Ooka.

« Il en sera fait selon votre désir, Excellence, mais si je puis me permettre un conseil, montrez-vous prudent, car le prince de Kii… », dit le fonctionnaire sur un ton de confidence, en se penchant vers le juge. Mais celui-ci lui coupa la parole :

« Ménage ta peine et exécute mes

ordres, au lieu de discuter inutilement ! »

« Tout de suite, tout de suite, Excellence, Seigneur juge ! Je voulais vous informer de tous les détails de l'affaire », bredouilla le conseiller zélé avant de s'éclipser.

Avant qu'une flèche n'atteignît sa cible, tous les gardiens et fonctionnaires étaient agenouillés devant Ooka, le front au sol. Le juge leur fit signe de se relever pour écouter ce qu'il avait à leur dire.

« Vous savez certainement », dit-il en considérant son auditoire pour vérifier qu'on l'écoutait attentivement, « que depuis des temps immémoriaux, la pêche est interdite dans les jardins qui entourent le sanctuaire d'Ise. Selon la loi, quiconque pose une ligne ou jette un filet dans un de ses ruisseaux ou lacs, doit être sévèrement puni. Veillez donc sur les lieux sacrés jour et nuit et si vous surprenez quelqu'un en train de bafouer la loi, amenez-le-moi, quelles que soient ses origines. Allez maintenant et faites votre devoir ! »

Les fonctionnaires et les gardiens n'arrivaient pas à comprendre les intentions du nouveau juge d'Edo. Il commençait sa carrière en instruisant justement l'affaire la plus délicate. Ils ne pouvaient se faire à l'idée qu'il osât lever la main sur le fils du redoutable prince de Kii.

« Nous verrons bien ce qui va se passer », se dirent-ils entre eux. « Voilà une affaire qui finira dans les oubliettes. »

En se rendant un beau matin sur leurs lieux de pêche favoris, les braconniers de noble naissance ne se doutaient pas qu'ils allaient se trouver cernés par les gardiens du temple armés. Les jeunes gens eurent beau résister, leurs insultes et menaces restèrent sans effet. Tous, y compris Yoshimune, se firent conduire devant Ooka.

Au lieu de s'agenouiller comme le voulait la coutume, ils se tinrent debout avec arrogance, un sourire méprisant aux lèvres, et sans manifester la moindre appréhension.

Lorsque Ooka leur ordonna d'approcher, ils s'exécutèrent de mauvaise grâce et l'un d'entre eux s'enquit, indigné :

« Comment se fait-il, Seigneur juge, que vous osiez nous faire perdre notre temps, sans cause et sans raison ? De toute manière, les gardiens qui nous ont traînés jusqu'ici seront décapités avant la tombée de la nuit. »

Ooka l'écouta sans broncher, se contentant de considérer les jeunes gens avec sévérité.

« Qui êtes-vous pour avoir osé transgresser la loi respectée par tous les habitants de cette contrée, mais aussi de tout le pays, et troubler la paix des eaux sacrées des temples d'Ise ? »

« Ha, ha, Monsieur le juge, il est fort possible que vos sbires soient des imbéciles sans cervelle, incapables de distinguer un paysan d'un homme de noble naissance. Mais vous, qui êtes un homme instruit, allez sans doute réparer leur faute lorsque nous vous aurons dit que celui-ci » – et ils désignèrent un jeune homme de belle allure qui se tenait au milieu – « est Yoshimune, fils du prince de Kii. »

Ooka lui jeta un regard interrogateur. Le jeune homme redressa la tête avec arrogance et proféra sur un ton moqueur :

« Je suis Yoshimune, Seigneur juge, si vraiment vous l'ignoriez. » Son attitude montrait qu'il était habitué à ce que tout le monde se pliât à sa volonté.

Ooka ne se laissa pas démonter par le comportement du jeune homme. Il l'examina longuement, de la tête aux pieds. Les autres se turent, interdits : le cas ne s'était encore jamais produit que l'on traitât Yoshimune autrement qu'avec une obséquiosité exagérée, même s'il s'agissait d'un haut fonctionnaire shogunal.

« Tu as bien de la chance, mon garçon », proféra à la fin le magistrat. « C'est vrai que tu ressembles à celui pour lequel tu veux te faire passer, mais aussi bien que je me nomme Ooka, je sais pertinemment que tu n'es qu'un menteur et un escroc. »

Le juge se tut, un silence de mort se fit dans la salle. L'assistance attendait la

31

suite en retenant son souffle. Le magistrat ignorait-il vraiment qu'il était en train de jouer avec le feu, en offensant l'héritier du seigneur de Kii dont la parole avait le poids d'une loi dans cette contrée ?

« Je répète que tu n'es qu'un menteur et un escroc et te le prouverai facilement », reprit le magistrat en frappant de la main une tablette basse pour donner du poids à ses paroles. « Tout le monde sait que le prince Kii est un homme juste et honnête. Personne ne me fera croire que le fils et l'héritier d'un tel homme pourrait, de son propre chef, troubler la quiétude des alentours sacrés des temples d'Ise, et cela uniquement pour son divertissement et celui de ses amis. »

Ooka se tut et regarda le profanateur avec gravité.

Yoshimune ne s'emporta pas comme tout le monde s'y attendait. Il ne jeta pas au visage du juge une de ces insultes dont il avait le secret, mais au contraire baissa la tête sans proférer un mot, d'un air piteux et gêné que ses amis ne lui connaissaient pas.

« Ainsi, tu affirmes que tu es Yoshimune », poursuivit Ooka, « mais tout laisse croire que tu n'es qu'un vulgaire imposteur. Tu te fais passer pour le fils du prince de Kii pour échapper aux conséquences de ton méfait. Cependant, je ne tomberai pas dans un piège aussi grossier. Des individus comme toi, j'en ai connu d'autres. Alors entends-moi bien : tu es non seulement accusé de braconnage, mais aussi d'offense à la justice. »

L'assistance n'en crut pas ses oreilles. Yoshimune braconnier et escroc ! Ooka ne parlait pas sérieusement ! Mais le nouveau juge prouva aussitôt à tous qu'il ne plaisantait pas. Il fit un signe aux gardes d'amener les braconniers et de les mettre au cachot jusqu'aux délibérations.

Les compagnons de Yoshimune passèrent leur temps en prison à se moquer et à insulter Ooka. Ils attendaient avec impatience l'instant où le prince de Kii allait apprendre la nouvelle et montrer au nouveau juge qui commandait dans le pays. Imaginant le dépit de Ooka, obligé de leur demander humblement pardon, ils riaient à faire résonner les murs de la prison.

Seul Yoshimune ne disait rien et restait assis avec morosité dans un coin. Ses amis ne le dérangeaient pas, persuadés qu'il échafaudait des projets pour se venger de la témérité du magistrat.

Cette fois-ci, ils se trompaient, car Yoshimune pensait à tout autre chose. Les paroles du juge, qui prétendait que l'héritier d'une aussi noble famille que la sienne ne pouvait pas commettre une action aussi vile, résonnaient encore à ses oreilles.

Vint enfin le jour où Ooka fit comparaître les braconniers afin de prononcer le verdict.

« Quel verdict ? » s'écrièrent les compagnons de Yoshimune en s'en prenant à qui mieux mieux aux gardes. « Votre juge est devenu fou, c'est la seule explication possible ! »

Cependant, les cris et les quolibets dont ils ne se privaient pas, ne servirent à rien. Les gardes les conduisirent devant le magistrat et leur demandèrent de frapper le sol de leurs fronts. Yoshimune s'exécuta aussitôt, si bien que tous ceux qui rechignaient, durent en faire autant. Ils auraient alors voulu rentrer sous terre.

Le juge trônait sur son siège surélevé, l'air extrêmement grave. Une idée traversa l'esprit de ces têtes brûlées :

« Il est vraiment capable de nous condamner. Il n'y a personne ici qui puisse l'en empêcher ? »

Les jeunes gens jetaient des regards à la dérobée en direction de Yoshimune, attendant de lui une réponse à leur question muette. Hélas, le jeune noble baissait les yeux et se taisait comme s'il avait avalé sa langue. Rien ne laissait deviner la nature de ses pensées. Dans la salle du tribunal, on aurait pu entendre une mouche voler. Le juge continuait à garder le silence, et pas un seul des jeunes délinquants n'osait lever les yeux sur lui.

Enfin, on entendit le bruissement des larges manches de sa robe : d'un geste de la main, Ooka ouvrit son éventail pour montrer que la séance était ouverte. Tous réalisèrent la gravité de la situation. L'heure était venue où le juge allait décider de leur sort. Ooka s'éclaircit la voix, avant de prendre la parole :

« J'ai beaucoup réfléchi à votre cas. Vous avez commis un délit grave. L'offense à la loi, vénérée par tous les habitants de ce pays, jeunes ou vieux, appelle le châtiment suprême, vous en êtes bien conscients. Toutefois, comme c'est la première fois que vous comparaissez devant un tribunal, il me semble que l'emprisonnement que vous avez enduré pendant quelques jours est une punition suffisante. Sachez cependant que si l'envie vous venait une autre fois de troubler la quiétude des bosquets sacrés qui entourent le temple, je n'hésiterais pas à prendre contre vous des mesures d'une extrême rigueur. Vous vous êtes aussi rendus coupables d'offense à la justice, ce qui est très grave. Vous n'ignorez pas que l'un d'entre vous se faisait passer pour quelqu'un d'autre, et par son comportement, il a sali le nom d'un homme honnête et innocent. Je suis persuadé que si le prince de Kii apprenait qu'un chenapan comme toi » – Ooka désigna Yoshimune de son éventail fermé – « se faisait passer pour son fils, il te ferait couper la tête sans autre forme de procès. Quant à vous qui l'avez soutenu dans son mensonge, vous vous êtes rendus coupables d'un délit de complicité. Aussi, je vous condamne tous à une pièce d'or d'amende. »

Les jeunes gens se tournèrent vers Yoshimune. Ils s'attendaient qu'il réfutât le verdict. Comme il était vraiment le fils du prince de Kii, il n'avait commis aucune escroquerie. Au lieu de cela, Yoshimune s'inclina poliment devant Ooka et sortit de sa bourse dix pièces d'or qu'il déposa sur la table sans un mot de protestation.

« J'espère que c'est la dernière fois que nous nous rencontrons en ces lieux. » Ooka conclut la séance avant de relâcher les jeunes hommes.

Depuis ce temps, plus personne n'osa profaner le sanctuaire d'Ise. On raconte que Yoshimune n'oublia jamais la leçon que Ooka lui avait infligée dans sa jeunesse. Non seulement il ne lui garda pas rancune, mais il estimait profondément le juge pour sa sagesse et son sens de la justice.

Lorsque vint le temps où le shogun Ienobu dut quitter ce monde sans laisser d'héritier mâle, car son fils mourut très jeune, Yoshimune, qui était son parent le plus proche, lui succéda sur le trône. Il se souvint alors de Ooka qu'il nomma juge à Edo, en lui conférant le pouvoir de vie ou de mort sur tous ceux qui s'étaient rendus coupables d'un crime ou d'un délit.

L'aveu d'un serviteur fidèle

Ooka était en fonction à Yamada depuis quatre ans déjà, et au bout de cette période, tout le monde dans la région le connaissait. Contrairement aux autres fonctionnaires shogunaux, Ooka avait la réputation d'être un homme incorruptible, juste et surtout très sage. Les honnêtes gens l'estimaient, tandis que les escrocs et les voleurs l'évitaient à cent lieues à la ronde, préférant quitter la région pour échapper à sa juridiction.

L'ordre régnait dans la ville comme à la campagne, et les gens vivaient heureux. Si quelque chose les tourmentait ou les préoccupait, ils n'hésitaient pas à se présenter devant le magistrat pour solliciter son conseil, voire son aide. Ils savaient très bien qu'il connaissait les faiblesses humaines et qu'il ne nuisait à personne sans justice. En outre, il avait le sens de l'humour : à tout moment, des lueurs espiègles s'allumaient dans ses yeux.

Lorsque les habitants de Yamada apprirent la mutation de Ooka à Edo, leur chagrin ne connut pas de limites.

« Nous n'aurons plus jamais un tel juge », se lamentaient-ils lorsqu'ils s'assemblaient, jeunes ou vieux, près du puits où ils venaient chercher l'eau tous les soirs et commentaient les derniers événements survenus dans la ville.

Lorsque Ooka s'en alla, les habitants de Yamada l'escortèrent loin au-delà des portes de la cité.

« N'oubliez pas Yamada ! » criaient-ils encore au moment où le palanquin du juge disparaissait dans le tournant de la route poussiéreuse.

Comme d'habitude, Ooka était accompagné par Naosuke, son serviteur fidèle. C'était un petit vieux, alerte comme du vif argent. Au service de la famille Ooka depuis plusieurs dizaines d'années, il connaissait son maître alors qu'il n'était qu'un enfant. Il lui était si dévoué qu'il aurait versé tout son sang pour lui s'il le fallait.

Tous les matins, Naosuke était le premier levé, et le soir, il ne se couchait qu'après avoir vérifié que tout allait bien dans la maison. Lors du retour à Edo sur des routes grouillantes de messagers impériaux, de soldats et d'individus qui n'inspiraient pas confiance, il se tenait toujours à proximité de son maître, prêt à le défendre de son propre corps en cas de danger. Il lui préparait un thé vert parfumé pour qu'il pût se désaltérer, et dans les auberges où le convoi faisait halte, il vérifiait que le bain fût préparé exactement selon les préférences de son maître. Arrivés dans un village de Honshu d'où l'on voyait le mont Fuji, il fit glisser les volets afin que Ooka pût jouir du spectacle pittoresque.

En un mot, Naosuke anticipait le moindre désir de Ooka, en l'exécutant sans lui donner le temps de l'exprimer.

Lorsqu'ils finirent par arriver à Edo, ils furent happés par les rues animées de la ville. Sur le célèbre pont Nihonbashi d'où on calcule depuis les temps immémoriaux les distances pour tout le pays, il était impossible d'avancer, le convoi de Ooka devant se frayer un chemin pas à pas à travers la foule.

Les rues d'Edo ressemblaient à un marché en plein air haut en couleur. Sur les croisements des routes et dans les cours des temples étaient installés les conteurs, les montreurs de marionnettes et les saltimbanques. Les marchands ambulants tâchaient d'attirer l'attention des badauds en chantant, en jouant des instruments divers, voire même en dansant, tout cela pour mieux écouler leur marchandise. De temps à autre, une dispute bruyante éclatait parmi les passants, tous les bruits de la rue se confondant alors en un chahut indescriptible qui donnait le vertige.

Ooka s'installa dans une maison à l'écart et entourée d'un jardin d'où on percevait à peine la rumeur de la ville. C'était précisément le début de l'automne, époque où les chrysanthèmes multicolores s'épanouissaient dans le jardin. Ooka aimait contempler leurs fleurs semblables aux étoiles, surtout le matin où les gouttes de rosée étincelaient encore sur leurs pétales. Réconforté par ce spectacle, il se rendait au tribunal pour y remplir ses nombreux devoirs et obligations.

Le juge occupa ses premiers mois à choisir ses collaborateurs. Il veillait à ce que ce fussent des hommes habiles et travailleurs, mais aussi honnêtes et justes.

Au début de la nouvelle année, Ooka donna un festin pour trois cents convives afin de célébrer son entrée en fonction. Très vite, la fête battit son plein. Les mets servis étaient exquis et variés. Les coupelles de vin de riz furent vidées plusieurs fois, le repas se terminait lentement. Soudain, Ooka se frappa le front avec le manche de son éventail et s'écria :

« Comment cela a-t-il pu se produire ? Je voulais offrir à mes invités des mandarines au dessert et j'ai totalement oublié d'en commander ! C'est justement la saison. Celles qui mûrissent sur les collines de Fujisawa et aux environs de Manasur sont les plus sucrées. Il ne sera pas dit que mes hôtes seront privés d'un tel régal. Heureusement, j'ai encore le temps d'y remédier. »

Il convoqua son fidèle Naosuke et l'envoya acheter personnellement trois cents mandarines, une par invité.

Naosuke ne fit que s'incliner profondément, puis repartit en toute hâte pour satisfaire la volonté de son maître. Il revint bientôt avec un panier rempli de beaux fruits oranges, cueillis le jour même et fleurant bon le soleil. Tout essoufflé, il posa son fardeau aux pieds de Ooka et dit :

« J'ai apporté les mandarines comme vous me l'avez ordonné. Je suis un peu en retard parce que je choisissais les plus belles. Je les ai prises une par une dans la main pour les vérifier soigneusement. Aussi, veuillez me pardonner de vous avoir fait attendre. »

« Tu es revenu bien plus vite qu'on ne le pensait », le félicita Ooka, en se penchant au-dessus du panier pour admirer les fruits. « Elles sont tellement belles qu'on croit rêver », conclut-il en souriant.

Le serviteur s'apprêtait à les distribuer aux invités, mais Ooka l'arrêta d'un geste autoritaire :

« Attends, compte-les d'abord », ordonna-t-il.

Naosuke le regarda d'un air surpris, puis se mit à compter sans un mot de protestation. Un, deux, trois… Il alignait les mandarines sur une natte, afin de faire profiter tout le monde de leur fraîcheur et de leur couleur. Parvenu au chiffre deux cent quatre-vingt-dix-huit, il s'interrompit, interloqué. Il ajouta encore deux cent quatre-vingt-dix-neuf et se tut, plein d'embarras.

Dans la salle, les conversations cessèrent. Tous se mirent à regarder Naosuke qui tâtait le panier d'un air malheureux pour vérifier qu'une mandarine n'était pas restée au fond. Hélas ! Le panier était bel et bien vide, la mandarine avait disparu.

« Je t'avais bien demandé d'acheter trois cents mandarines, une par invité, et voilà que tu n'en rapportes que deux cent quatre-vingt-dix-neuf. Explique-moi ce qui a bien pu se passer », demanda Ooka le plus sérieusement du monde.

« Je ne sais pas, maître ! » répondit Naosuke, très agité. « Il y en avait bien trois cents ! Je les ai comptées moi-même, en les examinant l'une après l'autre pour bien vérifier qu'elles n'étaient pas meurtries ou même pourries. »

« Ne me raconte pas d'histoires. Elles sont si appétissantes qu'elles t'ont mis l'eau à la bouche et tu en as mangé une pendant le trajet de retour. Avoue, et il ne t'arrivera rien. »

Le serviteur regarda les invités qui suivaient attentivement la discussion et tendaient l'oreille pour ne pas en perdre une bribe. Rouge de honte et de gêne, il ne put proférer mot pendant un bon moment.

« Comment mon maître que je sers fidèlement toute ma vie peut-il me soupçonner d'une telle vilenie ? » songeait-il amèrement. « Je ne l'ai pas mangée. Comment aurais-je pu me permettre une chose pareille ? » souffla-t-il à la fin d'une voix à peine audible.

« Tu veux me faire croire que la mandarine s'est échappée du sac en courant sur ses petites pattes ? » demanda le juge avec ironie. « Tu as tort de nier. Tu sais parfaitement que tu n'arriveras pas à me duper. »

« Je n'ai rien pris, Excellence », tint bon le serviteur, tout en regardant son maître avec stupeur.

« Puisque tu ne veux pas comprendre quand on t'interroge avec douceur, nous allons utiliser la force », proféra le magistrat d'un ton menaçant que Naosuke ne lui connaissait pas. « Nous devons mener cette enquête jusqu'au bout. Comment pourrais-je remplir ma fonction de juge si je tolérais les vols dans ma propre maison, même s'il n'est question que d'une simple mandarine ? »

Sur ce, Ooka fit signe à l'un de ses subordonnés pour lui ordonner : « Apporte tes instruments et fais en sorte qu'il avoue ! »

Une vague d'excitation parcourut l'assemblée. Personne ne pouvait supposer que Ooka allait pousser l'affaire de la mandarine aussi loin. Naosuke fut le premier à penser que son maître, juste et bienveillant, qui jusqu'alors ne lui avait jamais fait le moindre reproche, avait perdu la raison. Il se mit à trembler de tout son corps, effrayé par ce qui l'attendait.

Au bout d'un instant, les employés du tribunal apportèrent de grosses planches en bois dur qu'on utilisait à cette époque pour broyer les mains et les pieds des malheureux accusés d'un crime quelconque pour leur arracher les aveux. Vinrent ensuite un grand panier en fer, contenant des charbons ardents et d'autres instruments de torture.

Les sbires se saisirent de Naosuke, le mirent à genoux pour le ligoter avec de grosses cordes et l'empêcher de bouger. Lorsqu'il perdit connaissance devant le spectacle de ces objets terrifiants, il lui jetèrent un seau d'eau froide pour le faire revenir à lui.

« C'est probablement moi qui suis devenu fou », se disait Naosuke en son for intérieur. « Mon maître n'a jamais fait une chose pareille au pire des criminels qui vit sur cette terre et qu'il a eu l'occasion de juger. Ou bien suis-je en train de rêver ? »

« Mettez-vous au travail ! » ordonna Ooka, et aussitôt, l'assistant du bourreau, chargé de mettre Naosuke à la torture, pratique quotidienne dans les prisons du shogunat d'Edo, s'approcha du malheureux. Au moment où il soulevait les baguettes de fer chauffées à blanc, Ooka se tourna à nouveau vers l'accusé pour l'exhorter :

« Avoue, avant qu'il ne soit trop tard ! »

« J'avoue », gémit Naosuke, pétrifié de terreur à la vue des instruments de torture.

« Raconte-nous ce qui s'est passé », l'invita le juge, « mais je te préviens, je ne veux entendre que la pure vérité ! »

« J'avoue, Excellence, Seigneur juge. À force de courir, ma gorge s'est asséchée. J'ai eu une telle envie d'une mandarine que je n'ai pas pu résister. Je pensais que personne n'allait s'en apercevoir. »

Un murmure se répandit parmi les invités :

« Quelle affaire ! » se confiaient les hôtes à voix basse. « De nos jours, on ne peut avoir confiance en personne ! Un serviteur si vieux et si dévoué ! On le considère comme un membre de la famille jusqu'au jour où on découvre que ce n'est qu'un vulgaire voleur. Qui l'eût cru ! »

« Décidément, rien n'échappe à Ooka. Nous n'avons jamais eu à Edo un juge pareil », se félicitaient d'autres. « On comprend pourquoi les gens de Yamada ne voulaient pas s'en séparer. »

La voix de Ooka se fit entendre à nouveau :

« Tu avoues donc devant témoins avoir dérobé une mandarine ? »

« Oui, Excellence, j'avoue tout », débitait Naosuke, la tête baissée. « Je vous prie de me châtier comme un larron qui a volé son maître. »

Ooka gardait le silence. Ses hôtes se turent également.

Au bout d'un instant, le juge hocha la tête, une ombre de tristesse fugitive passa dans ses yeux. Il s'approcha de son serviteur et s'inclina profondément devant lui, avant de déclarer avec gravité :

« Mon fidèle Naosuke, pardonne-moi

de t'avoir infligé cette épreuve. » En disant cela, il retira des plis de sa robe d'apparat la mandarine manquante.

Un murmure de surprise courut dans la salle. Tous attendaient la suite.

« Naosuke n'a jamais rien volé, ni même cette mandarine », poursuivit Ooka. « C'est moi qui l'ai dérobée. Je l'ai fait pour prouver que la peur de la torture peut pousser même un innocent à passer aux aveux. Imaginez le nombre de personnes qui ont été ainsi injustement condamnées. Pour cette raison, à ma cour, il n'y aura pas de place pour des instruments de torture. Emportez-les sur-le-champ ! »

Son ordre exécuté, Ooka se tourna une dernière fois vers l'assistance :

« Quant à vous, mes amis, je vous demande de ne jamais oublier la scène à laquelle vous venez d'assister lorsque vous décidez du sort des personnes accusées d'un crime. »

Ooka tint son engagement de n'avoir jamais recours à la torture pendant l'instruction d'une affaire. À son époque, cette façon de procéder semblait inconcevable, de sorte que Ooka fut en avance sur son temps de plusieurs siècles. Ne serait-ce que pour cette attitude pleine de noblesse, il devint un personnage légendaire de l'histoire japonaise.

Le jeune garçon et le canard

Aujourd'hui, je vais vous narrer une histoire qui est arrivée lorsque Ooka prit ses fonctions de juge suprême à Edo. Pour se familiariser avec les affaires en cours, il s'est mis à étudier les registres. L'un des litiges, très récent, retint son attention.

Le coupable dans cette affaire était un jeune marchand de poisson nommé Yoshimatsu. La veille au soir, il rentrait chez lui en longeant le fossé qui entourait le château shogunal. Le fossé rempli d'eau accueillait des bandes de canards sauvages qui nichaient sur son bord. Le fait de chasser ne serait-ce qu'une canette en cette saison – c'était l'hiver – était passible de la peine de mort. Après avoir couru toute la journée à travers la ville, le garçon avait faim. La vision d'un rôti appétissant se mit à le hanter. Comme il faisait déjà noir, il se dit que personne n'allait le surprendre. Il ramassa une pierre et la lança en direction d'un canard qui s'envolait des roseaux. La proie tomba au sol, tuée sur le coup. Yoshimatsu bondit pour la ramasser. Soudain, les gardes surgis du néant l'encerclèrent pour le conduire, enchaîné, devant le tribunal. Ils emportèrent le canard abattu.

Après avoir fini la lecture du procès-verbal, Ooka ordonna qu'on lui convoquât le juge dont le sceau figurait sur le document.

Un homme d'un certain âge se présenta. Des fils d'argent abondaient dans sa chevelure et sa démarche avait perdu sa souplesse d'antan. Son visage fermé ne laissait transparaître aucune de ses pensées. Il portait la robe officielle propre à sa fonction de juge subordonné, le *yoriki*. Le tribunal de la Ville du Sud en comptait vingt-cinq. Les *yoriki* s'initiaient à leur tâche depuis leur prime jeunesse. On tolérait qu'ils s'installassent à une distance respectueuse du juge en fonction pour suivre le déroulement du procès. Leurs revenus peu élevés étaient compensés par un pouvoir considérable. À l'instar des autres chevaliers shogunaux, les *yoriki* portaient deux épées à leur ceinture, jouissant du privilège de châtier sur place quiconque avait la malchance de leur déplaire. Jusqu'à l'arrivée de Ooka, la coutume voulait que le sort des accusés reposât entièrement entre leurs mains.

Ooka montra au juge le document et demanda : « Quel châtiment attend ce garçon ? »

« La mort », fut la réponse laconique. Le visage impassible, le *yoriki* s'apprêtait à partir, considérant la discussion close. Ooka lui fit signe de rester.

« Quel âge a-t-il ? » demanda-t-il.

« Douze ans. »

« Comment se fait-il qu'un enfant de cet âge vende du poisson ? »

« Il a perdu son père à huit ans », répondit le *yoriki* de mauvaise grâce. « Il vit avec sa mère et ses deux sœurs. »

« Et sa mère ? »

« Elle est malade, grabataire depuis plusieurs années. »

« De sorte que ce garçon la nourrit, ainsi que ses deux sœurs ? »

« Oui, Excellence », confirma le *yoriki* sur un ton qui trahissait sa surprise. Il se demandait pourquoi le magistrat faisait tant d'embarras pour une affaire aussi simple.

« Il doit être condamné à la peine de mort ? » Ooka poursuivit son interrogatoire.

« Oui, c'est ce que la loi exige », répondit le *yoriki* avec détachement.

« Que les gardes m'amènent cet enfant », ordonna Ooka.

« Il en sera selon votre volonté », s'inclina le *yoriki*.

Un instant plus tard, le jeune accusé se tenait à genoux devant le magistrat, dans le sable blanc qui tapissait la cour du tribunal.

« Est-ce vrai que tu as tué le canard ? » demanda le juge.

« Oui. »

« S'il en est ainsi, il faut que je voie ce canard de mes propres yeux. Apportez-le-moi ! » ordonna Ooka aux employés du tribunal, qui se tenaient à proximité pour le servir le cas échéant. Deux d'entre eux se levèrent d'un bond pour faire ce qu'il leur demandait. En un instant, le canard était posé devant le juge.

« Est-ce bien celui-ci ? » demanda-t-il, tout en soulevant le volatile afin de permettre au garçon de l'examiner à loisir.

« Oui, c'est bien lui », acquiesça l'enfant.

« Es-tu sûr de ne pas te tromper ? Ce n'est pas un autre ? »

« Non. »

Ooka caressa le canard et dit : « Mais il est encore chaud ! »

Le gamin le regarda surpris, comme s'il n'en croyait pas ses oreilles.

« Vérifie toi-même ! » dit Ooka en lui

tendant le canard. « Prends-le et va chercher quelqu'un qui t'aidera à le ranimer. »

Yoshimatsu comprit ce que le juge voulait qu'il fît. Il s'empara de l'oiseau et courut à toutes jambes jusqu'au marché aux volailles qui se trouvait dans le quartier Anjin. Il y acheta un canard identique, mais vivant, qu'il porta au tribunal.

« Tu vois que tu as réussi ? Le canard est revenu à lui », sourit Ooka. « Ainsi, l'affaire est close. Rentre chez ta mère et tes sœurs, vivez en paix ! »

Lorsque le garçon raconta à sa mère ses aventures, celle-ci, transportée de joie, se redressa sur sa couche, pour la première fois depuis fort longtemps. À compter de ce jour, sa santé alla en s'améliorant, jusqu'à ce qu'elle guérît complètement.

Le litige des deux mères

C'était précisément la veille de la Fête des Garçons *(Kodomo-no-hi)*, que l'on célèbre traditionnellement au Japon le cinquième jour du cinquième mois du calendrier lunaire. Au-dessus des toits d'Edo flottaient des rubans multicolores et des carpes de soie fixés sur de hautes perches, pour annoncer fièrement que la maison avait des héritiers mâles. Les ménagères étaient occupées à briquer leurs logis et à préparer le bain traditionnel de leurs fils, additionné de feuilles d'acore semblables aux épées, symboles des garçons. En outre, selon une vieille croyance, elles auraient le pouvoir de chasser la maladie et le malheur du foyer.

Comme tout le monde s'affairait et parce que l'avant-goût de la fête faisait oublier disputes et controverses, le juge Ooka avait moins à faire au tribunal, pouvant, comme on disait alors, tenir l'éventail de la main gauche. Cela signifiait que sa droite était libre pour des activités plus agréables, comme tenir une tasse de thé. En effet, Ooka en portait justement une à ses lèvres pour savourer en toute quiétude son contenu parfumé.

À peine eut-il avalé la première gorgée, tout en se promettant de faire très tôt le lendemain matin une promenade au bord du lac, dans les environs de sa maison, pour y admirer les iris multicolores en pleine floraison, que des voix féminines suraiguës résonnèrent dans la rue. Ooka eut l'impression que les sanglots d'un enfant interrompaient de temps en temps ce vacarme.

« Que se passe-t-il ? » s'enquit Ooka auprès de son serviteur.

« Deux femmes se disputent un enfant », répliqua Sansuke en soupirant. « Quand les gens deviendront-ils enfin raisonnables et bons les uns avec les autres pour vous accorder un peu de répit, Excellence ? Souhaitez-vous les entendre ou dois-je les renvoyer ? » demanda-t-il avant d'ajouter : « Leurs sandales sont couvertes de poussière, il semble qu'elles soient venues au moins des faubourgs de la ville. »

« Si elles sont venues jusqu'au tribunal avec un enfant et qui plus est la veille d'une fête, c'est qu'elles ont sûrement une bonne raison et ont besoin de mon aide. Je ne peux pas les renvoyer », décida Ooka, déposant la tasse avec un soupir à peine perceptible. Il fit passer l'éventail dans sa main droite, puis se rendit posément jusqu'à la cour du tribunal pour y prendre sa place sur l'estrade surélevée.

À peine se fut-il assis que les gardes amenèrent deux femmes qui tenaient par la main un petit garçon de cinq ans environ. Leurs coiffures dérangées indiquaient qu'elles venaient de se battre.

« Surveillez désormais votre conduite », les exhorta l'un des gardes. « Si vous continuez à vous disputer et à vociférer, le juge ne vous entendra pas et vous serez quittes pour une amende. »

Ses paroles produisirent l'effet escompté. Les femmes se turent et attendirent respectueusement que le magistrat daignât leur adresser la parole.

« Qu'est-ce qui vous amène ? » demanda Ooka.

Les femmes se jetèrent à ses pieds et supplièrent à l'unisson :

« Nous vous prions, Monsieur le juge, de nous entendre et de trancher notre litige avec équité. »

« C'est pour cela que je suis là, » répondit Ooka. « Il semble que vous ayez fait un long voyage. D'où venez-vous ? »

« En effet, nous venons de Yamanashi », répondit avec aplomb la plus petite des femmes, vêtue d'un kimono bleu aux motifs blancs. « Senjiro », poursuivit-elle en désignant le petit garçon éploré, « ne tient plus sur ses jambes, bien que je l'aie porté pendant la moitié du trajet. »

49

« Tu en es l'unique responsable », l'interrompit l'autre femme, visiblement plus âgée. « Sans tes mensonges et tes élucubrations, nous aurions pu épargner ce dérangement à Monsieur le juge. En fin de compte, c'est encore cet enfant innocent qui va devoir payer », conclut-elle en poussant le petit garçon en avant. « Incline-toi devant Monsieur le juge, Senjiro. »

Effrayé, le gamin se mit à pleurer de plus belle.

On affirme à juste titre que personne au monde ne peut résister aux larmes d'un enfant. Ooka avait pour elles une faiblesse particulière. Sa propre enfance, passée loin de sa mère, lui revenait chaque fois à la mémoire, ainsi que les moments amers où il pleurait en cachette, à l'insu de tout le monde.

« N'aie pas peur et approche », dit Ooka à Senjiro avec bienveillance. « Je ne te ferai rien. J'aime bien les petits garçons comme toi. Mais qu'est-ce que tu tiens à la main ? »

« Une to-tor-tue », fit Senjiro, et il leva la main pour montrer au juge son jouet en terre cuite.

« Qu'elle est jolie ! On dirait une vraie », commenta Ooka, sincèrement admiratif. « Qui te l'a donnée ? »

« C'est moi », intervint la femme au kimono bleu. « Ne suis-je pas sa mère ? »

« Comment oses-tu dire des choses pareilles ? » s'emporta la seconde femme. Elle voulut poursuivre sur sa lancée, mais Ooka l'arrêta avec autorité. « Si vous continuez à vous quereller, je vous ferai mettre dehors. Vous feriez mieux de m'exposer clairement les raisons de votre dispute. »

« Permettez-moi de vous expliquer, Monsieur le juge », commença énergiquement la femme au kimono bleu en bousculant sa compagne du coude.

« La plus âgée de vous parlera la première », décida le magistrat.

« Je suis la plus âgée », se fit entendre la rivale de la femme en bleu, « mais de quelques jours seulement », se hâta-t-elle de préciser afin d'évacuer cette question embarrassante pour le beau sexe.

« Tu as donc la parole », acquiesça Ooka.

« Je m'appelle Otei, Monsieur le juge », s'inclina la femme, arrangeant d'une main sa coiffure défaite. « Et elle, c'est Takao. Nous avons mis toutes les deux un garçon au monde, il y a cinq ans. Comme Takao n'avait pas de lait pour nourrir le sien, elle m'a demandé de l'allaiter en même temps que mon enfant et d'en prendre soin. Au bout de quelque temps, son petit garçon se mit à dépérir et à la fin, il mourut. »

« Ce n'est pas vrai ! » cria Takao. « Elle ment comme elle respire. C'est son enfant qui est mort et pas le mien ! Elle veut me priver du soutien de mes vieux jours ! »

« Vous prétendez donc toutes les deux être la mère de ce garçon », comprit Ooka.

« Il est à moi ! Il est à moi ! » crièrent Otei et Takao, comme si elles s'étaient concertées.

« Et vous souhaitez que je juge votre cas, n'est-ce pas ? » demanda-t-il.

« Oui, vous êtes le seul à pouvoir y parvenir. » Pour une fois les femmes brouillées tombèrent d'accord.

« Eh bien, ce ne sera pas une tâche facile », soupira Ooka. « Toutefois, il est de mon devoir de juger toutes les affaires sans distinction. Par conséquent, je suis bien obligé de m'occuper de la vôtre, dont vous êtes seules à connaître, si on y réfléchit bien, tous les tenants et les aboutissants. Vous me faites endosser une grande responsabilité, car c'est Senjiro ici présent qui subira les conséquences de ma décision, alors qu'il n'est pour rien dans cette affaire. » Ooka se tut. « Ne préférez-vous pas reconsidérer votre cas ? » suggéra-t-il au bout d'un instant. « C'est qu'elle ment ! » s'écrièrent les deux femmes avec hargne, en se désignant mutuellement.

« Silence ! » ordonna Ooka sévèrement. « Et toi, Senjiro, viens ici ! » fit-il en invitant le petit garçon qui s'était remis à pleurer. « Essuie tes larmes et dis-moi si tu connais une chanson. »

« J'en connais beaucoup ! » répondit le petit en retrouvant son assurance et en cessant de pleurer.

« Si tu m'en chantes une, j'enverrai le valet t'acheter quelque chose de bon. »

Le regard de Senjiro, affamé après un si long voyage, s'illumina.

52

« Celle-ci, par exemple », dit-il, et il se mit à chanter sans se faire prier :

Elle alla acheter de l'huile, trot, trot, ohé !
Elle acheta de l'huile, trot, trot, ohé !
Sortit dans la rue, trot, trot, ohé !
Glissa, l'huile se répandit, trot, trot, ohé !

« Tu es bien dégourdi, mon garçon », le félicita Ooka en lui caressant la tête. Il demanda à un serviteur d'aller chercher une friandise à l'épicerie voisine, puis se tourna à nouveau vers Takao et Otei : « On a bien raison de dire dans les îles du Japon que même les parents inconscients peuvent avoir des enfants intelligents. Vous pouvez le constater par vous-mêmes. Mais revenons à notre affaire. Quand deux paysans se disputent un champ, j'ordonne qu'on le coupe en deux. On ne peut pas procéder de la même façon avec un enfant, d'ailleurs vous ne seriez sûrement pas d'accord. Une telle justice ne servirait à rien. »

Ooka baissa la tête et joua en silence avec son éventail.

« Écoute, Otei », demanda-t-il à brûle-pourpoint, « ton fils avait-il un signe particulier à la naissance ? »

« Un signe particulier ? » répétait la femme, interloquée. Puis, elle se ressaisit vivement : « C'était le petit garçon le plus mignon du monde ! »

« Et le tien, Takao ? »

« Il était si vif et éveillé qu'il n'avait pas son pareil », répondit celle-ci sans hésiter une seconde.

« Avec cela, on est bien avancé ! » soupira Ooka à part soi. « J'aurais dû m'en douter. Les mères sont toutes pareilles. Il faudra trouver autre chose, mais quoi ? »

Le serviteur revint fort à propos avec un *Kashiwamochi*, petit gâteau de riz enveloppé dans une feuille de chêne, friandise préférée des enfants pendant la Fête des Garçons. Senjiro se mit à manger de bon appétit sous le regard intéressé de toute l'assistance.

« Le pauvre, il devait avoir bien faim », dit à haute voix une grosse marchande en tablier qui avait réussi à se frayer un chemin jusqu'au premier rang. « Quant à ces deux bonnes femmes, elles feraient mieux de nourrir convenablement leur enfant au lieu de se disputer pour savoir laquelle des deux l'a mis au monde. Ça tombe sous le sens qu'un enfant ne peut pas avoir deux mamans ! Si j'étais à la place de Monsieur le juge, je les sanctionnerais ! »

Trop content de pouvoir se ménager un temps de réflexion, Ooka laissa à l'assistance l'opportunité d'exprimer son point de vue sur cette affaire peu commune. Mais lorsque au bout d'un instant les murmures se transformèrent en brouhaha, il leva la tête et déclara d'une voix forte :

« N'oubliez pas que vous vous trouvez dans une salle d'audience et non sur la place du marché. Conduisez-vous donc en conséquence ! »

Les gens, qui respectaient leur juge, laissèrent leurs discussions en suspens, interrompues au milieu d'une phrase, et un silence religieux se fit aussitôt dans la salle.

« En regardant Senjiro, je comprends parfaitement que vous désiriez toutes les deux l'avoir pour fils », déclara Ooka sur un ton laissant présager qu'il avait trouvé la solution du problème. « C'est un beau garçon bien éveillé qui sera la fierté et le soutien de sa mère quand il sera grand. »

« Que peuvent souhaiter d'autre les parents », soupira bruyamment une vieille femme dans la foule. Ooka fit mine de ne pas entendre sa remarque et poursuivit : « Afin que je puisse décider équitablement, il faudra vous soumettre à une épreuve. Écoutez attentivement : toi, Otei, prends Senjiro par la main droite et toi, Takao, par la main gauche, puis tirez chacune de votre côté. Celle qui parviendra la première à l'amener dans son camp aura gagné. Commencez à mon signal. »

Les deux femmes, dont l'une était la vraie mère de Senjiro et l'autre prétendait l'être, regardèrent Ooka avec étonnement. L'épreuve ne leur disait rien qui vaille, mais comme aucune ne voulait céder, elles durent s'incliner.

« Prêtes ? » demanda Ooka.

« Oui », acquiescèrent Takao et Otei.

« Alors allez-y ! »

Les femmes commencèrent à tirer le garçon chacune de son côté. Pauvre Senjiro ! C'est tout juste si elles ne lui arrachèrent pas les bras.

« Aïe, aïe, j'ai mal ! » se lamenta-t-il. « Laissez-moi ! Je n'en peux plus ! »

En entendant les plaintes de l'enfant, Otei lâcha prise aussitôt. Takao en profita immédiatement pour tirer le petit vers elle. Une expression de triomphe se lut sur son visage.

Ooka la regarda puis se tourna vers Otei : « Tu as perdu », déclara-t-il.

« Oui, oui, je sais bien ! Mais ce n'est pas par manque de force, Monsieur le juge. Quand je l'ai entendu se lamenter et se plaindre de sa souffrance, j'ai eu trop de peine. Plutôt que de lui faire mal, j'aimais encore mieux le lâcher, tout en sachant que j'allais le perdre », dit Otei en pleurant.

« Tu es perdante dans une épreuve de force », proféra Ooka, « mais tu sors victorieuse d'une compétition bien plus importante : en lâchant l'enfant, tu as prouvé que tu l'aimais par-dessus tout et que tu étais disposée à supporter pour lui les sacrifices les plus lourds. »

Ooka se tut, se redressa et ordonna au greffier : « Enregistre bien ce que je vais déclarer. Voici mon verdict : Otei est la vrai mère de Senjiro. »

Aussitôt le petit garçon se jeta dans les bras de celle-ci et se serra contre elle : « Maman ! »

« Mon enfant ! » souffla Otei, à peine remise de ses émotions. Elle l'étreignit, les larmes aux yeux.

Ooka et toute l'assistance observaient la scène, profondément touchés. L'attendrissement général n'épargna pas le greffier qui pourtant n'en était pas à sa première audience au tribunal. Il tenait le pinceau en l'air, oubliant totalement de consigner la fin du verdict. Lorsqu'il sentit enfin le regard de Ooka peser sur lui, il abaissa vivement son pinceau et se mit à écrire à toute allure.

Personne ne remarqua à quel moment Takao avait quitté la cour du tribunal.

Vol dans une boutique d'antiquaire

Il arriva un jour qu'un antiquaire de la ville impériale de Kyoto vint s'installer à Edo. Il ouvrit sa boutique dans la rue des Six arbres. Pour bien montrer qu'il n'était pas n'importe qui, il parlait à qui voulait entendre de sa collection de précieuses épées. Et il y avait de quoi être fier. En ces temps, le Japon traversait une période de paix, mais qu'on le voulût ou non, il était gouverné par les guerriers. Pour cette raison, on y appréciait les épées pour leurs poignées et leurs fourreaux abondamment ornés, mais aussi pour leurs lames parfaites. Les noms d'illustres armuriers, tels que Yoshimitsu, Masamune et Yoshihiro, étaient connus dans tout le pays, et on payait des sommes colossales pour acquérir les épées fabriquées dans leurs ateliers. Croyez-moi ou non, l'antiquaire de la rue des Six arbres possédait bel et bien une de ces armes rarissimes dans sa collection. Il s'agissait justement de l'une des épées du célèbre Masamune.

Le bruit courut de bouche à oreille et bientôt, tout le quartier parlait du trésor gardé dans la boutique de l'antiquaire, par ailleurs fort modeste. En peu de temps, toute la ville fut au courant, et les voyageurs colportaient l'histoire de la précieuse épée dans les auberges où ils s'arrêtaient pour y passer la nuit. C'est ainsi qu'un ancien voleur d'Edo nommé Yoshiro en entendit parler dans une auberge, située près d'un grand lac, dans la région d'Hakone. Ce n'était pas l'un de ces vulgaires coupeurs de bourses comme on en croisait fréquemment sur la route qui menait d'Edo à la capitale, Kyoto. Il avait un tel nombre de crimes sur la conscience que sa tête fut mise à prix. Pour cette raison, il devait se cacher dans les forêts, ne revenant parmi les hommes que déguisé en charbonnier.

En entendant ce que les voyageurs racontaient sur le trésor de l'antiquaire, ses yeux brillèrent de convoitise. Yoshiro aimait les épées par-dessus tout. Il en oublia la prudence la plus élémentaire et se mêla à la conversation : « Elle doit être de toute beauté, cette épée de Masamune ! Je donnerais n'importe quoi pour la voir, ne serait-ce que de loin ! »

« Tu n'es pas le seul », remarqua le valet qui accompagnait un riche samurai au cours de son long voyage d'Edo à Kyoto. « Mais ce n'est pas chose facile, mon brave ! Mon maître qui avait, lui aussi, entendu parler de cette épée, s'est rendu aussitôt dans la boutique de la rue des Six arbres. Il y trouva des épées, mais aucune n'était de Masamune. Cependant, lorsque l'antiquaire vit qu'il avait à faire à un client de marque, il conduisit mon maître dans sa chambre à coucher. Là, une épée au fourreau somptueux était exposée dans une niche, sur un socle en bois laqué noir. Mon maître la sortit tout de suite de son fourreau pour voir la lame, et figurez-vous que le nom du maître armurier y était effectivement gravé », racontait le serviteur, comme s'il l'avait vu de ses propres yeux. « Le tranchant était intact, bien que le général Oribe, ancien propriétaire de cette arme, s'en fût servi pour fendre une pierre en deux. C'est la pure vérité. Je l'ai appris de la bouche de mon maître en personne. »

« Que s'est-il passé ensuite ? » insista Yoshiro. « Est-ce que ton maître a cette épée sur lui ? »

« Pas du tout. Il ne l'a pas achetée », l'informa le valet. « L'antiquaire demandait un prix que mon maître n'a pas pu payer bien qu'il ne soit pas misérable et qu'il puisse s'acheter ce qui lui plaît. »

« Cela signifie que l'épée est restée à Edo », conclut Yoshiro, et sa voix trembla de convoitise réprimée.

« Dans la chambre à coucher de l'antiquaire », confirma le valet. « Où devrait-elle être, autrement ? »

Yoshiro en sut assez pour partir la nuit même en direction d'Edo. N'ayant pas la patience de marcher, il courait presque, aimanté par la vision du butin somptueux. La chance joua en sa faveur. Personne ne fit attention à lui, de sorte qu'il arriva dans la ville le lendemain, au début de l'après-midi. Jusqu'au crépuscule, il se cacha à proximité de la boutique d'antiquaire pour étudier à loisir ses environs. Il mit au point une stratégie pour pénétrer dans la chambre à coucher et y commettre le vol.

La nuit était déjà bien avancée lorsque le valet de l'antiquaire ferma les volets et l'entrée du jardin. Un silence se fit, à peine troublé par le murmure monotone d'un filet d'eau qui tombait en cascade dans le jardin. De temps à autre, le hululement d'une chouette ou le bruissement des ailes d'une chauve-souris venaient troubler le silence de la nuit.

La lueur trouble d'une veilleuse perçait les ténèbres par une fente dans les volets. Yoshiro s'approcha à pas de loup de la fenêtre pour y coller son oreille. À l'intérieur, on n'entendait que la respiration régulière du vieillard. Le voleur fit encore quelques pas prudents, se faufila par la porte entrouverte de la véranda et pénétra précautionneusement dans l'alcôve. Après avoir contourné sur la pointe des pieds la couche de l'antiquaire, il parvint jusqu'à la niche qui abritait la fameuse épée de maître Masamune. Jusque-là, tout allait comme sur des roulettes. Mais voilà : aveuglé par la convoitise qui le poussait à s'emparer de la précieuse arme, Yoshiro oublia la prudence la plus élémentaire. D'un geste brusque, il renversa le socle sur lequel elle reposait. Le vacarme réveilla l'antiquaire qui, au demeurant, avait le sommeil léger comme toutes les personnes âgées. Apercevant une silhouette inconnue dans sa chambre, il voulut se lever, mais Yoshiro fut le plus prompt. Il dégaina l'épée et prit son élan pour en frapper le vieillard. Heureusement, il n'avait pas remarqué que la pièce était basse de plafond. L'épée s'y heurta brutalement et lui tomba des mains. Sans perdre son sang-froid, Yoshiro assena un violent coup de poing au visage du vieil homme. Avant de s'effondrer sans connaissance, l'antiquaire eut le temps de pousser un cri. Son appel transperça le silence de la nuit comme un poignard, parvenant jusqu'aux oreilles d'une patrouille de police qui passait justement par la rue des Six arbres.

Les policiers se précipitèrent à l'intérieur de la maison. Yoshiro lâcha l'épée, courut dans la cour et sauta par-dessus le mur du jardin. Il s'échappa de justesse, conscient que la partie était loin d'être jouée. En imaginant le sort qui lui serait réservé, il courait très vite. Ayant ainsi longtemps fait du chemin dans la nuit, il commençait à se croire sorti d'affaire, lorsqu'il tomba sur une autre patrouille. Les représentants de la loi l'arrêtèrent, trouvant sa hâte suspecte. Ils l'examinèrent minutieusement à la lumière de leurs lampions, et l'inévitable se produisit : l'un d'entre eux reconnut le bandit dont la tête était mise à prix depuis si longtemps.

Quelques jours plus tard, Yoshiro se tenait à genoux devant Ooka, dans la cour du tribunal. En son for intérieur, il se faisait d'amers reproches au sujet de son impatience et de sa convoitise, mais le mal était fait. L'idée que tout n'était peut-être pas perdu lui traversa l'esprit lorsque Ooka lui demanda :

« Quel est ton nom ? »

Sur le point de révéler son propre nom, Yoshiro s'arrêta à temps.

« Zentaro, Excellence », mentit-il avec aplomb.

« Zen-ta-ro », ânonnait le greffier, en enregistrant signe après signe la déclaration dans le procès-verbal.

« Il ment ! Il ment ! » s'écria l'un des policiers. « Il s'appelle Yoshiro. Je l'ai identifié à sa cicatrice », ajouta-t-il en montrant du doigt la balafre rouge qui barrait toute la joue droite du bandit.

« C'est à coup sûr Yoshiro dont la tête a été mise à prix et que nous recherchons vainement depuis plus de six mois. Il a disparu comme si la terre l'avait englouti. Et voilà qu'il se jette de lui-même entre nos mains. C'est certainement lui qui a pénétré de force dans la boutique de la rue des Six arbres et qui a blessé l'antiquaire », déduisit le policier.

« Y a-t-il des témoins ? Quelqu'un l'a-t-il vu là-bas ? » s'enquit le magistrat.

« Non. Seul l'antiquaire l'a aperçu avant de perdre connaissance. Depuis, il reste alité et c'est aujourd'hui seulement que son état de santé s'est amélioré. »

« Allez le chercher ! » ordonna Ooka.

« Oui, tout de suite », répondit le chef de la patrouille en s'inclinant. « Mais, Excellence, ne vous laissez pas abuser par ce voyou. Il se sait aux abois, alors il se cache derrière un nom d'emprunt. Je donnerais ma main à couper qu'il s'agit bien de Yoshiro dit le Tueur ! »

« Ce n'est pas vrai ! » nia Yoshiro qui surprit les paroles du policier. « Je gagne ma vie depuis toujours en fabriquant du charbon de bois et je vis dans les montagnes de Hakone. C'est la première fois que je viens à Edo. Aujourd'hui, je me rends compte que j'ai eu tort de descendre en ville, mais il est trop tard. Cette maudite cicatrice est la cause de mes malheurs. Elle date de ma jeunesse où j'ai été blessé à la joue au cours d'une bagarre. Depuis, je fais peur aux gens, qui me prennent pour un bandit. Je ne sais par comment j'ai mérité un tel châtiment, alors que je suis un honnête homme. »

« Tu plaides bien ta cause. Encore un peu, et nous allons pleurer sur ton sort », fit Ooka, et un sourire fugitif éclaira son visage. « Qui sait comment cela s'est passé réellement ? Si on ne trouve pas de témoins oculaires, je serai obligé de te relâcher. Je ne peux pas punir un homme simplement parce qu'il a la même cicatrice qu'un dangereux criminel. »

À peine eut-il terminé sa phrase que l'antiquaire blessé apparut dans la salle d'audience. Sa tête était bandée et deux gardes durent le soutenir de chaque côté.

« Est-ce bien cet homme qui t'a agressé et blessé ? » demanda Ooka en désignant l'accusé.

« C'est difficile à dire, Excellence », répondit l'antiquaire. « J'étais tellement bouleversé que je n'ai pas remarqué l'apparence du voleur. »

« Dans ce cas, il n'y a rien à faire », proféra Ooka en soupirant, après un moment de réflexion. « Nous serons obligés de te relâcher, Zentaro. En plus, tu as droit à un dédommagement pour le préjudice subi par la fausse accusation. » Ooka sortit quatre pièces d'or de sa bourse. Il les fit passer d'une main dans l'autre en les faisant bien voir à l'accusé.

« Tends la main », ordonna-t-il.

Les yeux du voleur brillèrent de cupidité. « Cela compensera le cambriolage raté », pensa-t-il en tendant la main. Ooka prit une pièce entre deux doigts, la tint un moment devant les yeux de l'accusé, avant de la lâcher lentement sur sa paume.

Le voleur dissimula prestement la pièce d'or, puis tendit la main à nouveau. Ooka, cependant, rangea les pièces restantes dans la manche de sa robe, comme s'il avait subitement changé d'avis.

« Cela suffit pour aujourd'hui. Maintenant, je vais te libérer et tu reviendras chercher le reste demain. »

Le voleur s'inclina jusqu'au sol et s'apprêtait à sortir à reculons, la tête baissée.

« Yoshiro ! » l'appela tout d'un coup Ooka.

« Oui, Excellence ? »

« Yoshiro, que vas-tu faire des pièces d'or qu'il me reste à te donner ? »

« Vous allez me les donner vraiment, Monsieur le juge ? » s'écria Yoshiro, en jetant un regard intrigué à Ooka.

« Oui, mais tu dois me dire d'abord ce que tu vas en faire. »

« C'est simple : j'achèterai l'Auberge à l'anguille à Fukugawa, que je convoite depuis longtemps, à condition qu'elle soit encore à vendre », répondit le voleur sans hésiter.

« Hum… ton projet me paraît bien compromis », remarqua sèchement le juge. « L'argent n'a aucune valeur pour celui qui a perdu sa tête. »

« Comment cela, Excellence ? Vous n'avez rien pu prouver ! » se défendit le voleur.

« Ce n'était pas nécessaire, tu t'es trahi toi-même. À deux reprises, je t'ai appelé Yoshiro et tu as répondu, alors que tu prétendais t'appeler Zentaro. Par ailleurs, tu as déclaré venir à Edo pour la première fois, alors que tu connais ses moindres recoins et endroits perdus comme l'Auberge à l'anguille de Fukugawa dont tu sais qu'elle est à vendre. »

En dépit de sa grande expérience, le voleur, totalement désarçonné, se tenait devant le juge bouche bée, comme une huître rejetée sur la plage par la mer.

« C'est bien toi qui as attaqué et blessé l'antiquaire », poursuivit Ooka, « pour cette raison, tu seras châtié comme il se doit pour ce crime et pour tous les autres que tu as commis. »

Ainsi, même un criminel de l'envergure de Yoshiro ne put échapper à la justice.

Ooka et les deux honnêtes hommes

En peu de temps, Ooka fut connu à Edo comme le loup blanc. Il était de notoriété publique qu'il avait une parole de réconfort pour tout le monde et qu'il ne refusait jamais son aide. Pour cette raison, les habitants d'Edo venaient le consulter chaque fois qu'ils avaient un souci.

Parfois, il s'agissait de controverses engendrées par de telles peccadilles qu'un peu de bonne volonté aurait suffi à les résoudre. Cependant, on le sait, la fatuité des hommes est sans bornes. Pour cette raison, une grande animation régnait en permanence dans le tribunal de Ooka. Dans ses murs, les rires alternaient avec les lamentations, les jeunes cédaient la place aux vieux et vice versa. Les femmes, portant leurs enfants en pleurs sur le dos, y venaient pour se plaindre des vexations de leurs voisins. Les marchandes de poisson expliquaient de leurs voix stridentes comment les revendeurs les avaient eues. Les escrocs, pris sur le fait, juraient leurs grands dieux qu'il n'y avait pas plus honnêtes qu'eux au monde.

Le magistrat les écoutait toujours avec bienveillance bien qu'il eût souvent des affaires plus pressantes à traiter. Il savait que ce n'était pas du temps perdu, car c'était la meilleure façon de comprendre les pensées et les réactions des hommes face à l'adversité. Riche de cette expérience, il parvenait à débrouiller des affaires graves dont personne ne trouvait la solution.

Tous les matins, lorsqu'il quittait sa paisible demeure pour se replonger dans l'agitation du tribunal, il se préparait moralement à confronter les vices et les faiblesses des hommes. Il pensait que plus rien ne pouvait le surprendre et pourtant, c'est ce qui arriva. Croyez-moi ou non, on lui amena un jour deux hommes d'une probité exemplaire afin qu'il tranchât leur différend.

Bien entendu, il arrivait à Ooka de rencontrer d'honnêtes gens au tribunal, mais il ne fut jamais amené à juger un litige où les deux parties se disputaient à cause de leur intégrité, au point de devoir soumettre leur cas au tribunal.

Écoutez comment tout cela était arrivé.

À Shinjuku, faubourg d'Edo, dans un lieu appelé Au pied de la colline, vivait un homme qui se nommait Saburobei. Il gagnait sa pitance assis du matin au soir dans son minuscule atelier, à sculpter des statuettes des dieux du bonheur. Une fois par mois, il en faisait un baluchon pour les vendre au marché, à proximité d'un des temples d'Edo. Il disposait joliment ses sculptures sur une natte, allumait sa pipe et attendait le client. Les badauds s'agglutinaient autour de Saburobei, dévorant des yeux ses œuvres. Hélas, la plupart du temps, ils n'avaient pas un sou vaillant en poche, si bien que les affaires du sculpteur marchaient plutôt mal.

À l'approche du Nouvel An, les figurines Daikoku (dieu de la richesse) et Ebisu (dieu des pêcheurs) s'écoulaient le mieux, aussi Saburobei s'appliquait-il encore plus que d'habitude en les sculptant. Il tournait et retournait une bûchette de bois tendre dans sa main et par magie, la silhouette familière de l'une des deux divinités populaires se formait. Daikoku qui, selon les croyances, assurait le bonheur et la prospérité au foyer, présentait un visage qui souriait avec bonté sous un petit bonnet plat. Il se tenait traditionnellement sur deux balles de riz qu'on considère au Japon depuis toujours comme des symboles d'opulence. Le petit maillet faisait pleuvoir des pièces d'or lorsque Daikoku en frappait le sol.

« Si cela pouvait être vrai ! » soupira plus d'une fois Saburobei à l'approche du souper, sachant que le riz manquait dans la maison pour remplir son bol, ceux de sa femme et de ses enfants.

Mais par-dessus tout, Saburobei aimait sculpter le dieu Ebisu. Tout à son ouvrage, il oubliait le monde, le ciseau dansait littéralement dans sa main. C'est peut-être pour cela qu'il savait prêter au visage de la statuette une expression particulière, un air débonnaire. Ebisu portait un grand poisson sous le bras, une canne à pêche sur son épaule. Ses vêtements de cérémonie, qui étaient ceux d'un fonctionnaire, s'accordaient mal avec son attirail de pêche. On racontait qu'il était né autrefois dans une famille de roi. Dès son enfance, il se distinguait par la sagesse et par son caractère enjoué. Il arrivait que son noble père, dépassé par les affaires d'État, fît appel à lui pour le consulter.

Un jour, lorsque son père eut à nouveau besoin de lui, Ebisu disparut. Les serviteurs finirent par le retrouver assis paisiblement au bord du lac, vêtu de sa tenue de cérémonie, sa canne à pêche à la main, savourant la quiétude de cette journée estivale. Depuis ce jour, on le représente toujours la canne à pêche à la main, un poisson sous le bras et le sourire aux lèvres qui rappelle aux hommes son tempérament bienveillant. On le vénère comme le dieu du bonheur et de la richesse, les pêcheurs et les commerçants le considérant comme leur divinité protectrice.

Les ménagères posaient ces deux dieux sur la poutre au-dessus du foyer. Ils étaient souvent noircis par la fumée qui n'arrivait pourtant pas à ternir leur sourire.

Un jour, les statuettes de Saburobei attirèrent l'attention d'un riche marchand du quartier de l'Herbe basse. Il commanda au sculpteur un Ebisu particulièrement bien travaillé et s'engagea à le payer trois pièces d'or s'il le trouvait à son goût. Pour le pauvre artisan cet argent représentait une belle somme, d'autant plus que l'année tirait à sa fin. Il était urgent de s'acquitter de toutes les dettes pour commencer la nouvelle année, comme le voulait une ancienne coutume.

Sans perdre de temps, Saburobei choisit du meilleur bois et se mit à l'ouvrage avec entrain. Le travail progressait de manière satisfaisante, et c'est peut-être pour cela que le visage d'Ebisu avait cette expression de béatitude. En le regardant, les gens retrouvaient leur bonne humeur et se mettaient à croire que ce petit dieu-là devait à coup sûr porter chance quand les autres n'y parvenaient pas toujours.

Son travail terminé, Saburobei enveloppa la sculpture dans une pièce de tissu et traversa toute la ville pour se rendre au quartier de l'Herbe basse où se trouvait la demeure de Jiroemon, son client. Il frappa à la porte de service. Un valet vint lui ouvrir, prit la statue dans ses mains tout en lui annonçant que son maître était absent et qu'il lui faudrait revenir le lendemain pour toucher son salaire.

Le sculpteur, n'osant pas protester, revint chez lui où sa femme l'attendait impatiemment. Elle n'avait plus un sou vaillant, plus un grain de riz et les enfants pleuraient de faim.

« Je suis contente que tu sois rentré », dit-elle pour l'accueillir dès qu'elle entendit le claquement de ses sandales en bois devant la porte.

« Hélas, je reviens sans argent », annonça Saburobei tristement. « Monsieur Jiroemon n'était pas chez lui. »

« Tant pis, du moment que tu reviens sain et sauf après toutes ces tribulations », répondit son épouse. Elle se rendait compte que son mari se tourmentait pour

69

cet argent et ne voulait pas l'accabler par des reproches inutiles.

« Le pire, c'est que j'y ai laissé la statuette », soupira l'artisan tout accablé. « Le valet l'a d'abord prise dans mes mains et c'est après qu'il m'a annoncé que son maître n'était pas là et qu'il me faudrait revenir chercher l'argent le lendemain. »

« Tant pis. Nous arriverons bien à tenir un jour de plus. J'emprunterai une poignée de riz à la voisine », dit la femme pour le consoler. « Pourvu que monsieur Jiroemon ne te trompe pas. Il peut toujours dire qu'il n'a pas reçu de statue. Tu sais très bien que plus un client est riche, plus il est difficile de le faire payer. Te souviens-tu comment le monastère ne voulait pas régler à Tomooko, notre voisin d'en face, le poisson que les moines lui achetaient toute l'année ? »

« Comme si je pouvais oublier ! » s'anima Saburobei. « Ils pensaient s'en tirer à bon compte, mais en vain. L'affaire s'est terminée devant le tribunal où Ooka a tranché l'affaire. Non seulement ils ont dû tout rembourser, mais ils se sont couverts d'opprobre. Ce n'est pas le cas de monsieur Jiroemon. Il me payera sans rechigner la statue qu'il m'a commandée. »

Le lendemain, Saburobei se leva aux aurores pour traverser encore tout Edo. Il enfila les rues désertes et ensommeillées comme l'était lui-même à cette heure matinale. Devant les maisons des nobles ou des samurai, cependant, les valets s'affairaient déjà avec leurs balais et les marchands ambulants de purée de haricots apparaissaient dans la rue pour apporter à temps le petit déjeuner des habitants. Soudain, il se mit à pleuvoir et tout ce petit monde courut s'abriter. Seul le sculpteur n'en eut cure, courant à toutes jambes jusqu'à la demeure de Jiroemon qu'il atteignit trempé et hors d'haleine. Comme la veille, il s'annonça à l'entrée de service par des appels respectueux.

Le valet le reconnut aussitôt : « Ah, c'est toi ! Tu n'as pas de chance. Mon maître vient de sortir pour faire sa promenade du matin. »

Saburobei resta pétrifié, persuadé désormais que le riche marchand, réticent à le payer, avait donné des ordres en conséquence à son serviteur. Après avoir recouvré ses esprits, il fit d'une voix gênée :

« Qu'à cela ne tienne ! J'attendrai le retour de monsieur Jiroemon. »

« Ce n'est pas la peine », répliqua le valet. « Mon maître a laissé pour toi un paquet avec trois pièces d'or. Je vais te le remettre tout de suite. »

Un grand poids tomba de la poitrine de Saburobei. Il allait apporter de l'argent à sa femme, ils pourraient passer les fêtes du Nouvel An, heureux et sereins. Il était alors prêt à croire que l'un des innombrables petits dieux qu'il avait sculptés au cours de son existence l'avait pris sous sa protection.

Le valet revint aussitôt avec un petit rouleau de papier blanc qui portait l'inscription : "À Saburobei, maître sculpteur de Shinjuku".

« Mon maître te fait dire que ta statuette lui a plu et qu'il va te commander un Daikoku après le Nouvel An. »

Le sculpteur s'inclina, prit d'une main tremblante le paquet avec l'argent et le cacha dans la ceinture de sa tunique, avant de reprendre le chemin du retour, le cœur en fête. Une grande animation régnait déjà dans les rues, et Saburobei eut l'impression que le monde entier lui souriait. Il arriva chez lui, fatigué, mais heureux. De loin déjà, sa femme devina d'après le claquement de ses sandales que tout allait bien. Elle lui ouvrit prestement la porte, prépara ses sandales d'intérieur et, à peine assis, lui versa une tasse de thé bien chaud.

« Tu dois te restaurer un peu après avoir tant marché. Comment as-tu pu faire aussi vite ? » dit-elle gentiment.

« J'ai fini par obtenir mon argent », raconta Saburobei. « Le maître n'était pas chez lui, mais il m'a laissé ce petit rouleau. Il paraît qu'il voudra me commander après le Nouvel An une statue de Daikoku. Voici l'argent… » Saburobei porta la main à sa ceinture, mais le petit paquet n'y était pas. « Ce n'est pas possible ! C'est là que je l'ai rangé ! » s'écria-t-il avec désespoir, examinant minutieusement sa ceinture. Ne trouvant rien, il la défit pour la secouer, mais en vain. L'argent avait disparu. Secondé par son épouse, il chercha dans le couloir, devant la maison, dans les environs…, le rouleau de papier blanc s'était volatilisé.

« Je reviendrai sur mes pas, je le retrouverai peut-être », décida Saburobei et il repartit sur-le-champ.

Il faillit s'assommer car, marchant la

tête baissée, il entra dans un poteau. Il ne revint chez lui que tard le soir, harassé, les poches vides.

« Ne te tourmente pas », le consolait sa femme. « Il me reste encore une cassette sculptée qui me vient de ma mère. Je l'a porterai chez le prêteur sur gages, et avec cet argent, nous rembourserons nos dettes et il nous restera même de quoi acheter les gâteaux du Nouvel An. Tout laisse croire que ces trois pièces d'or ne nous étaient pas destinées et qu'elles ne nous auraient pas porté chance. »

Saburobei la regarda avec reconnaissance. « Tu as raison », dit-il. « On arrivera à s'en sortir, même sans cet argent. Ce qui compte, c'est que nous ayons des enfants gentils et des bras vigoureux. Je sculpterai une autre statuette, bien plus belle encore, qui m'apportera plus que trois pièces d'or. »

Le sculpteur alla dans son établi, choisit un beau morceau de bois et se mit au travail.

Or, à l'autre bout d'Edo, à proximité de la maison de Jiroemon, vivait un homme nommé Chojoro. Il avait une charrette portant l'inscription *soba*. C'est ainsi qu'on appelait les nouilles qu'il vendait. Toute l'année, il avait des difficultés d'argent, mais le dernier mois, il se réjouissait à la perspective de bonnes affaires. En effet, le dernier jour de l'année, tout le monde mangeait précisément ces longues vermicelles pour avoir de la chance pendant toute l'année à venir.

Dès le petit matin, il se mit alors à crier : « *O soba ! O soba !* » et les ménagères qui l'aimaient bien parce qu'il ne les volait jamais, sortaient des maisons et achetaient sa marchandise. En allant d'une maison à l'autre, le marchand de nouilles aperçut par terre un petit paquet blanc qui était une façon habituelle de transporter l'argent. Il le ramassa et lut : "À Sa-bu-ro-bei, maî-tre sculp-teur de Shin-ju-ku", en détachant posément toutes les syllabes.

« Tiens, tiens ! » se dit-il. « Combien peut-il contenir de pièces ? » Il tâta le paquet et estima : « Au moins trois pièces d'or. Cela représente une belle somme pour un homme pauvre, avec les temps qui courent. Hum… maître sculpteur. Il ne doit pas être bien riche, celui-là. En plus perdre tout cet argent maintenant, juste avant le Nouvel An… Quelle malchance ! Il doit être très endetté, la vie est si chère ! Hum… Moi aussi, j'ai des dettes bien que je vive seul et que je n'aie pas de femme et d'enfants à nourrir. Ah ! Si j'avais trois pièces d'or, je mènerais une vie de château ! Je rembourserais toutes mes dettes, je rachèterais au prêteur sur gages mes vêtements des grandes occasions et pourrais améliorer mon quotidien. »

« Hé, marchand de nouilles, réveille-toi ! » fit une jeune maîtresse de maison, interrompant ses rêveries. « Que marmonnes-tu ? »

« Ce n'est rien, je me détendais un peu. »

Chojoro servit la cliente, mais cessa de crier : « Nouilles ! Achetez mes nouilles ! »

« Je vais aller chercher ce Saburobei toute affaire cessante », décida-t-il. « Il faut que je lui rende son argent. Il a peut-être une famille nombreuse, et puis, un pauvre ne peut pas voler un autre pauvre. De ma vie je n'ai volé le moindre sou. Où habite-t-il déjà ? À Shinjuku ? Mais c'est de l'autre côté de la ville ! Tant pis, les affaires sont terminées pour aujourd'hui. Pourvu que je me rattrape demain ! »

Chojoro ramena sa charrette à la maison et partit à la recherche du sculpteur. Ce n'était pas facile. Il n'arriva à Shinjuku qu'au début de l'après-midi. Chercher un dénommé Saburobei dans ce vaste faubourg était aussi illusoire que de vouloir trouver une aiguille dans une botte de foin. Chojoro interrogeait les passants tant qu'il pouvait, mais chaque personne l'envoyait ailleurs. Tantôt on connaissait un Saburobei qui n'était pas sculpteur, tantôt un sculpteur qui ne s'appelait pas Saburobei. Chojoro en conclut que les gens ne comprenaient jamais rien à rien. Comme la nuit commençait à tomber, il ne lui resta qu'à rentrer chez lui.

« Quelque chose me dit que demain encore, je ne gagnerai pas un sou », soupira-t-il en se couchant. « Mais je me lèverai tôt et j'aurai peut-être plus de chance. »

Le lendemain matin, les petites ménagères guettaient en vain leur marchand de nouilles. « Où peut-il bien être ? » se demandaient-elles en regardant à gauche et à droite. Pendant ce temps, Chojoro marchait d'un bon pas en direction de Shinjuku, mais inutilement, une fois de plus. Ce n'est que le troisième jour qu'il arriva par hasard dans un lieu nommé Au pied de la colline où il s'arrêta devant la maison qui portait l'enseigne "Saburobei, maître sculpteur".

« Ohé ! Je suis Chojoro, marchand de nouilles. Ouvrez-moi, s'il vous plaît ! » appela-t-il à l'entrée de l'atelier du sculpteur.

Saburobei sortit et considéra l'inconnu avec étonnement ; il n'avait pas l'air d'un client, car il était couvert de poussière et frigorifié à force de marcher depuis le petit matin dans les rues.

« Que désires-tu ? » demanda-t-il.

« Je t'ai apporté quelque chose », répondit Chojoro.

« Je ne sais pas ce que cela pourrait bien être, mais entre », l'invita aimablement Saburobei. « Je vois que tu es transi. Tu prendras une tasse de thé bouillant. Ma femme vient de m'en servir pour que le froid n'engourdisse pas mes doigts. Aujourd'hui, il souffle une bonne bise. »

Chojoro accepta avec plaisir. Il prit place sur un coussin carré à une tablette basse et, sans un mot, déposa devant le sculpteur le rouleau de trois pièces d'or.

« Est-ce bien ton argent ? » demanda-t-il.

« Il était à moi, mais je l'ai perdu », répondit le sculpteur.

« Je te le rapporte. Je l'ai trouvé près de la maison de monsieur Jiroemon. »

Chojoro poussa le paquet vers le sculpteur, mais celui-ci ne le toucha pas.

« Tu ne vérifies pas si le compte y est ? »

« Je n'ai pas à vérifier quoi que ce soit. Cet argent t'appartient, tu l'as trouvé », répondit Saburobei, et il repoussa le paquet vers le marchand ambulant.

« Comment cela ? C'est marqué noir sur blanc que cet argent est à toi. Tu l'as gagné honnêtement. »

« Oui, mais je l'ai perdu. Cela signifie qu'il ne m'était pas destiné », tint bon Saburobei.

« Voici ton argent, et on n'en parle plus », commença à perdre patience le marchand.

« Combien de fois faut-il te répéter que je n'en veux pas ? Tu l'as trouvé, alors garde-le ! » se fâcha pour de bon le sculpteur, de tempérament pourtant paisible.

En un rien de temps, les deux hommes se disputèrent au point d'en arriver aux mains. La femme du sculpteur dut appeler au secours les voisins qui ne parvinrent pas non plus à calmer les esprits échauffés. Ils continuaient à se quereller tout en repoussant le paquet d'argent l'un vers l'autre.

L'événement prenait une tournure inquiétante lorsque quelqu'un eut l'idée de soumettre le litige à Ooka qui était seul à pouvoir trouver une solution. Le sculpteur et le marchand obtempérèrent, mais en chemin, ils continuèrent à s'invectiver, gesticulant avec colère. Un cortège de badauds les suivait en direction du tribunal.

« Laissez-nous entrer, nous cherchons le juge Ooka ! » cria l'un des voisins du sculpteur, avant d'ouvrir aux deux hommes furieux le chemin vers l'intérieur, sans se préoccuper des gardes.

Le sculpteur et le marchand, sans même se rendre compte de l'endroit où ils se trouvaient, continuaient à se disputer et à vociférer de plus belle. Ils ne retrouvèrent leur calme que sur l'exhortation de Ooka.

« Quelle est la cause de votre différend ? » demanda celui-ci. En entendant le récit des événements, son visage s'illumina. « Deux honnêtes hommes au tribunal, cela tient du miracle ! » déclara-t-il, et il invita le sculpteur qui tenait justement le paquet avec les trois pièces à les lui remettre.

Saburobei obtempéra et le juge défit le papier d'un blanc éclatant pour en sortir trois belles pièces d'or. Les badauds qui étaient entrés dans la salle d'audience à la suite du marchand et du sculpteur, se demandaient, intrigués, comment Ooka allait s'en sortir. Ceux qui se trouvaient au premier rang le virent avec étonnement sortir sa propre bourse pour en retirer une pièce d'or et l'ajouter à celles qu'il tenait à la main.

« Voici deux pièces d'or pour chacun d'entre vous », dit-il en distribuant l'argent aux hommes. « Votre différend est résolu. Vous pouvez vous en aller ! »

« Mais, Monsieur le juge, vous ne pouvez pas… », articulèrent à l'unisson les deux hommes, une fois revenus de leur stupeur.

« De quoi vous étonnez-vous ? » sourit Ooka. « Cette dispute vous a coûté une pièce d'or à chacun. J'ai déboursé volontiers la mienne, car de ma vie je n'ai rencontré deux hommes aussi intègres que vous. Je formule pour vous les vœux de dix mille ans de bonheur et de prospérité. »

Il ne nous reste qu'à espérer que le souhait du juge se soit accompli, du moins en partie, car ces braves gens le méritaient bien.

Un cheval qui savait parler

La vieille année s'achevait, laissant place aux fêtes du Nouvel An. Il n'y avait pas un seul nuage dans le ciel et l'air frémissait des prémices du printemps. Des appels *« Omedeto, omedeto ! »* (« Meilleurs vœux, meilleurs vœux ! ») résonnaient dans les rues. L'atmosphère de fête régnait dans toute la ville.

Le tribunal aussi était au calme. Les querelles et les litiges étaient relégués à une date ultérieure, après les fêtes. Ooka se reposait, lui aussi, en prévision du travail qui l'attendait dans l'année à venir.

« Pourvu que tout le bien que les gens se souhaitent s'accomplisse », se dit-il en contemplant les fleurs d'une blancheur immaculée d'un bonsaï de prunier, planté dans une coupelle, accessoire indispensable de chaque ménage d'Edo à cette période de l'année. Cet arbrisseau fragile ne craignant ni le froid ni la neige, est devenu le symbole de résistance et de force, capable de braver les coups du destin les plus rudes.

Le Nouvel An est comme une nouvelle naissance. Tout ce qui est vieux s'en va avec le passé et l'avenir se présente, plein de promesses. C'est du moins ce que les hommes croyaient, s'abandonnant à l'insouciance et au bonheur.

Le vœu le plus cher de Ooka était de pouvoir partager cette bonne humeur, mais cette fois-ci, il n'arrivait pas à trouver la paix. L'idée qu'il n'avait pas accompli tous ses devoirs l'année passée comme il s'en était fait la promesse, n'arrêtait pas de le harceler. Et à juste titre : un dangereux criminel surnommé Vagabond, que Ooka avait fait rechercher partout, y compris dans les taudis les mieux cachés du quartier malfamé de Ryogoku, courait toujours. Vagabond avait littéralement disparu de la surface de la terre. C'était étrange, car il s'agissait d'un homme à l'aspect extravagant qui ne pouvait échapper à la vigilance des policiers les plus expérimentés de la ville. Il se distinguait par une taille exceptionnelle. Il était velu et couvert de cicatrices de la tête aux pieds, souvenirs d'innombrables échauffourées.

Ooka soupçonnait Vagabond d'avoir réussi à franchir sous un déguisement les frontières de la province ou d'avoir obligé sous les menaces un moine à l'inscrire sur son passeport comme son accompagnateur, formalité sans laquelle il n'aurait pas pu se déplacer au Japon à cette époque.

Un appel discret de son valet le tira de ses réflexions. « Entre donc, Naosuke », l'invita le juge. « Que m'apportes-tu ? Sûrement de bonnes nouvelles, car il ne peut pas en être autrement le jour du Nouvel An. »

« À vrai dire, je n'en sais rien », dit le serviteur en s'agenouillant. « Je voudrais vous annoncer qu'un messager spécial du prince Maeda vient de frapper à notre porte. Il vous prie de vous rendre dans la demeure de son maître, pour une affaire d'une extrême importance. »

« Quand ? » demanda Ooka en contemplant à nouveau son cerisier en fleurs.

« Hum, ne m'en veuillez pas, maître, mais tout de suite, dans la mesure du possible », finit par dire Naosuke, extrêmement embarrassé.

Ooka regarda avec étonnement son serviteur. En ces jours de fête, c'était une requête réellement peu commune.

« A-t-il apporté une lettre ? »

« Non, rien. Rien du tout, maître. Dois-je vous l'amener ? » demanda le valet.

« Non, ce n'est pas nécessaire. Qu'il dise au prince que je suis très honoré de son invitation et que je viendrai dans les plus brefs délais », décida Ooka en se levant énergiquement. « Que l'écuyer selle mon cheval blanc ! »

En un rien de temps, Ooka, vêtu de sa robe de cérémonie se hissa en selle pour se mettre en route. Contrairement à la vie de tous les jours, les rues n'étaient pas encombrées. Aussi, Ooka se présenta-t-il rapidement devant le somptueux portail rouge de la demeure où le prince Maeda séjournait chaque fois qu'il devait quitter son domaine pour venir se mettre à la disposition du shogun à Edo, pendant une certaine période de l'année.

Il était attendu par les hommes du prince, qui l'introduisirent sans tarder dans la salle d'audience où le *daïmio* (équivalent japonais du titre de prince féodal) l'attendait avec impatience. Bien que son visage impassible ressemblât à un masque, Ooka, connaisseur avisé de la nature humaine, décela des éclairs d'inquiétude dans son regard. Les deux hommes, haut fonctionnaire d'État et noble héréditaire, se saluèrent cérémonieusement, conformément aux usages de la courtoisie.

« Soyez le bienvenu, Seigneur d'Echizen », l'accueillit le prince, en s'adressant à lui par son titre de noblesse. « Je vous présente mes excuses de vous avoir dérangé précisément aujourd'hui, jour destiné au repos. »

« Votre invitation m'honore, Seigneur », répliqua Ooka sur le même ton, inclinant la tête en un salut de politesse. « Comment puis-je me rendre utile ? »

« J'ai besoin de votre conseil dans une affaire tout à fait extraordinaire. Votre perspicacité est connue dans le pays tout entier, il n'y a pas d'énigme que vous n'ayez résolue. »

« Vous êtes trop indulgent, Seigneur. Malgré tous mes efforts de faire régner l'ordre et la sécurité dans la ville, je reste encore le débiteur des habitants d'Edo », répondit Ooka sans pouvoir réprimer un soupir. « Mais ce n'est pas de cela qu'il s'agit. Ayez l'amabilité de m'expliquer en quoi je peux vous rendre service. Je vous assure que je ferai tout ce qui est en mon pouvoir. »

« Comme je vous l'ai déjà signalé, c'est une histoire bien étrange, autrement je ne me serais pas permis de vous faire traverser toute la ville jusqu'à mon humble demeure. » Le *daïmio* s'exprimait avec une exquise courtoisie. En réalité, l'élégance raffinée et coûteuse de sa résidence sautait aux yeux, luxe que seul un homme riche et influent pouvait se permettre.

« Je n'avais justement rien à faire,

aussi suis-je venu avec plaisir », déclara Ooka, en constatant que les grands seigneurs comme les petites gens usaient de détours avant d'aborder le vrai sujet, l'affaire désagréable qui les tracassait.

« Mais passons au vrai problème pour ne pas abuser de votre temps », dit le prince comme s'il lisait dans les pensées de son hôte. « Vous vous êtes peut-être laissé dire que je possédais un cheval de race particulièrement beau. Il s'appelle Chige et toute la ville le convoite. »

Par un mouvement de tête, Ooka fit comprendre au prince qu'il ignorait ce fait.

« Cela n'a pas d'importance », continua l'aristocrate. « Vous aurez l'occasion de le voir et, sans aucun doute, vous me donnerez raison. J'ai entendu dire que vous vous connaissez en chevaux et que vous avez départagé brillamment le prince Mito et le prince de Satsuma qu'un litige opposait au sujet de treize chevaux. »

« Vous êtes au courant de cela aussi, Seigneur ? » sourit Ooka, étonné.

« À Edo, il est impossible de garder un secret. En tant que juge, vous le savez parfaitement. Ce sont des ragots qui conduisent les gens devant le tribunal », remarqua le prince avec amertume.

« Vous n'êtes pas loin de la vérité, Seigneur. Cependant, les différends qu'on me soumet, ne sont pas toujours futiles. Hormis les gens honnêtes, nombreux escrocs et malfrats accablent cette ville de leur présence... Mais pardonnez-moi cette digression. Vous vouliez me parler de votre meilleur cheval, me semble-t-il. »

« Oui, bien sûr… écoutez bien », dit le prince, en se penchant vers le juge comme s'il craignait d'être entendu par des oreilles indiscrètes. Il soupira : « Je vais vous révéler toute la vérité. Imaginez-vous que le cheval en question s'est mis tout d'un coup à parler ! » Le prince ne lâcha pas Ooka des yeux pour surveiller l'effet produit par ses paroles. Aussi paisible qu'auparavant, le visage de Ooka ne trahissait ni l'incrédulité ni la moquerie. « Alors, qu'en dites-vous ? » demanda le prince qui voulait connaître la pensée profonde du magistrat.

« Rien pour l'instant, Excellence. Je n'y ai pas assisté moi-même et pour y croire, il faudrait que j'entende au moins un témoin. Ce n'est pas que je n'accorde pas foi à vos propos, mais vous comprendrez certainement que… »

« Il n'y a rien de plus facile », l'interrompit le prince. « Je vais appeler l'écuyer qui vous le confirmera. »

Le prince tapa dans sa main avec son éventail fermé, et un serviteur surgit aussitôt.

« Fais venir tout de suite l'écuyer Chosuke », ordonna-t-il.

Avant que Ooka ait eu le temps d'apprécier en connaisseur et d'exprimer à haute voix son admiration devant la tasse de valeur, d'un beau brun sombre, dans laquelle le prince fit servir du thé vert mousse pour lui manifester son respect, des claquements se firent entendre derrière la porte qui coulissa pour livrer passage à un homme robuste. Il rampa à genoux jusqu'au prince sans oser regarder son visage. En effet, il ne lui arrivait pas souvent de pénétrer dans la salle où on recevait des invités de marque.

« Je t'ai fait convoquer, Chosuke, pour que tu attestes, devant le juge Ooka, que le cheval Chige dont tu as la charge, parle d'une voix humaine. »

« Je le ferai très volontiers, Excellence, d'autant plus que c'est la pure vérité. Mais moi, honorable Seigneur juge », fit-il en s'adressant à Ooka, « je n'y suis pour rien. Je peux vous le jurer sur les âmes de mes ancêtres. »

« Je ne t'accuse de rien, Chosuke. Je suis persuadé que tu sers fidèlement ton maître depuis de longues années », dit Ooka sur un ton dans lequel sa bienveillance naturelle et le souci d'apaiser l'homme effrayé prenaient le pas sur la rigueur officielle. « J'ai simplement besoin de savoir ce qui s'est passé. Peux-tu me le dire ? »

« Volontiers, Excellence », s'anima Chosuke. « De ma vie je n'oublierai ce matin-là. Je suis arrivé dans les écuries pour donner à manger à Chige. Je lui ai mis dans sa mangeoire… »

Excédé, le prince referma son éventail d'un coup sec, et Chosuke ne se méprit pas sur la signification de ce geste. « Mais… », l'homme bredouilla à force de se hâter. « J'ai l'habitude de parler au cheval quand je lui donne à manger. » Il s'interrompit pour regarder son maître d'un air interrogateur : « Ce n'est pas gênant, n'est-ce pas ? »

« Bien sûr que non », répliqua sèchement le prince. « Continue », ajouta-t-il sur un ton plus conciliant, comme s'il avait honte de s'être laissé emporter, attitude considérée comme une faiblesse impardonnable dans la noblesse.

« Ce matin-là, j'ai caressé la crinière de Chige », continua l'écuyer sur un ton attendri, comme s'il était encore en train de flatter l'animal, « et je lui ai dit: "Aujourd'hui, je vais t'étriller comme il faut, car demain, tu porteras le maître chez le shogun. Ta robe doit briller comme du brocard doré et ta crinière doit être légère comme de la soie. Il faut que tu sois le plus beau." À peine ai-je fini ma phrase que Chige frappa le sol de son sabot et dit : "Je le suis toujours me semble-t-il !" J'ai bondi comme si on m'avait piqué. Persuadé que quelqu'un était en train de me jouer un tour, j'ai cherché le plaisantin dans tous les coins de l'écurie. "Imbécile !" souffla Chige avec agacement. "Qui veux-tu trouver ? Tu n'as pas encore compris que c'est moi qui te parle ?" C'est exactement ainsi que cela s'est passé, honorable juge », jura l'écuyer.

« Bien, je te crois. En as-tu fait part à ton maître ? » s'enquit Ooka.

« Non, jamais de la vie ! J'avais peur qu'il ne me croie pas ou qu'il s'imagine que j'avais trop forcé, hum, comment dirais-je ? Enfin, que j'avais trop forcé sur la boisson. »

« Cela n'aurait pas été la première fois », observa le prince avec ironie.

85

« Je crois que tu étais sobre comme jamais encore dans ta vie », dit le juge, et un sourire passa sur son visage. « L'affaire ne paraît pas bien compliquée. Le cheval Chige parle, et alors ? C'est certes, inhabituel, mais il ne s'agit pas d'un délit. C'est tout ce que je peux ajouter. » Ooka se tourna vers le prince et s'inclina cérémonieusement. « La question me paraît réglée, aussi ne vais-je pas vous retarder davantage, et si vous permettez, noble Seigneur… » Ooka commença à prendre congé.

« Un peu de patience, Ooka. Ce n'est pas fini », le retint le prince.

« Le cheval a dit autre chose ? Que s'est-il passé d'autre ? » demanda le juge en jetant un regard interrogateur au *daïmio*.

« Chosuke, continue ton récit, sans rien omettre », ordonna le prince à l'écuyer.

« À votre service, maître. » Le valet prit sa respiration comme s'il avait l'intention de parler pendant une demi-journée.

« Mais limite-toi à l'essentiel », lui rappela le prince.

« Où en étais-je ? Ah, oui… Le soir, lorsque je suis revenu dans les écuries, je me suis incliné trois fois devant Chige et je lui ai servi le meilleur repas auquel il n'ait jamais goûté. "Voici ton souper", lui ai-je dit. "Bon appétit !" "Hum, enfin une nourriture convenable", hennit Chige avec satisfaction dès la première bouchée. "Cela n'a rien en commun avec l'horrible repas que tu me sers d'ordinaire. Veille à ce que désormais, il en soit toujours ainsi, sinon, gare à toi." Comme vous pouvez le constater, Seigneur juge, la condition d'écuyer n'est pas toujours de tout repos », soupira Chosuke du fond du cœur.

« Je veux bien le croire », sourit Ooka. « La condition d'un juge n'est pas plus facile, surtout si nous avons à Edo un cheval comme Chige. »

« Juge Ooka, ce témoignage vous paraît-il suffisant ? » l'interrompit le prince, quelque peu agacé.

« Oui, tout à fait », acquiesça Ooka.

« Tu peux disposer, Chosuke », ordonna le prince. En s'éloignant, l'écuyer ne put dissimuler son soulagement.

« Je vous raconterai le reste moi-même, sinon à l'heure du Rat nous serons encore ici à écouter sonner douze coups », dit le prince. « Le lendemain,

86

sans me douter de rien, je me rendais à Chigo, en compagnie des autres représentants de la noblesse, au palais du shogun pour présenter à notre Seigneur suprême nos vœux de la Nouvelle année. Chosuke conduisait le cheval par la bride, le responsable des écuries marchait de l'autre côté. J'ai laissé ma monture devant l'entrée du palais pour continuer à pied, comme le veut la coutume… »

« Et avant votre retour, Chige s'est laissé aller à des propos inconsidérés, comme c'est dans les habitudes des bavards », ajouta Ooka.

« Oui. Comment le savez-vous ? » s'étonna le *daïmio*.

« Que pouvait-il faire d'autre ? » répondit le magistrat. « Et qu'a-t-il dit exactement ? »

« Je ne sais pas trop comment le dire. J'ai eu tort finalement de ne pas laisser Chosuke vous le raconter lui-même. Bref, il s'est mis, hum… à exprimer son mécontentement car il en avait assez de partager la promiscuité avec la racaille et de respirer, passez-moi l'expression, cette puanteur qui était, prétendait-il, encore pire que dans son écurie. Il a ajouté également que son maître… Finalement, j'aime autant ne pas vous le rapporter. Enfin, la pire des commères d'Edo ne lui arrivait pas à la cheville », conclut le prince, abaissant sa main un peu au-dessus du sol.

« Comment réagissaient les gens ? »

« Ils s'amusaient mieux qu'au théâtre. »

« J'imagine bien la scène ! » Et cette fois, Ooka ne put réprimer un sourire.

« Mais vous rendez-vous compte, Ooka, que quelqu'un l'a rapporté au shogun ? » Il devenait clair que le prince avait totalement perdu son sang-froid habituel et avec lui, son allure hautaine et condescendante.

« Qu'a-t-on rapporté au shogun ? »

« Que je possède un cheval qui parle. »

« Et le shogun ? »

« Il m'a demandé de lui amener Chige demain. Il veut se rendre compte par lui-même que le cheval sait effectivement parler, car, convenez-en, c'est une chose qui dépasse l'entendement. C'est exactement en ces termes qu'il m'a convié. »

« Et vous, prince, vous craignez que votre monture médise de vous devant notre noble Seigneur, c'est bien cela ? »

« Oui. Chige s'exprime plus mal que le dernier valet de ferme. Que va penser le shogun ? »

« En effet. L'affaire prend une vilaine tournure. Que comptez-vous faire, Monsieur le prince ? » s'enquit Ooka, soudainement préoccupé.

« C'est précisément le conseil que j'allais vous demander ! » dit le *daïmio* avec des accents de désespoir dans la voix.

« Ce ne sera pas une mince affaire. » La tête penchée, le juge réfléchit. Sans le quitter des yeux, le prince n'osait pas troubler ses pensées.

« Plus j'y réfléchis, plus j'ai la conviction que tout cela est l'œuvre des forces obscures. Il est tout à fait inhabituel qu'un cheval, dépourvu des capacités humaines, se mette à parler comme un homme. » Ooka se tut.

« Écoutez, prince. » Il leva brusquement la tête. « N'avez-vous pas fait subir récemment un préjudice grave à quelqu'un ? N'avez-vous pas ôté la vie à quelqu'un, même à votre insu ? »

« Non, absolument pas ! » Le prince rejeta d'emblée une telle supposition.

« Réfléchissez bien », insista Ooka. « Un de vos serviteurs, par exemple, n'a-t-il pas quitté ce monde sur un sentiment de haine pour vous ? »

« Non, non, rien de tel ne s'est produit », tint bon Maeda. « Tout mon personnel me sert avec dévouement depuis de nombreuses années. Je n'ai aucune raison de châtier mes domestiques et encore moins de leur ôter la vie. »

« Ces derniers temps, n'avez-vous pas entrepris des travaux dans les environs ? N'avez-vous pas dérangé les fondations d'un bâtiment ou d'un temple qui abriteraient une sépulture ? »

Le prince prit son temps avant de répondre.

« Le seul bâtiment de ce genre qui me vient à l'esprit est le Temple du Renard, situé dans le voisinage de ma maison. C'est une ruine que personne ne visite depuis longtemps. Avant les fêtes du Nouvel An, j'ai pris la résolution de la restaurer. Cependant, les fondations sont restées intactes. »

« Cela n'a aucune importance. Est-ce que je pourrais visiter le chantier ? » demanda Ooka.

« Mais bien entendu. Comme vous voulez », consentit le *daïmio* avec empressement.

Le temple se trouvait au voisinage immédiat de la demeure du prince. D'emblée, on se rendait compte que ses murs étaient récemment restaurés. Le toit aussi était flambant neuf.

En traversant la cour, Ooka remarqua un gros rocher, posé près d'un vieux puits.

« Ce rocher se trouvait-il toujours à cet endroit ? » s'enquit-il auprès du prince.

« Non. En déblayant la cour, mes gens ont découvert un trou, recouvert de branches et de bric-à-brac. Je leur ai donné l'ordre de le boucher avec ce rocher », expliqua le prince.

« Est-ce que vous pourriez enlever cette pierre et faire nettoyer le trou ? »

Le prince le considéra avec étonnement, mais constatant que ces paroles tenaient davantage d'un ordre que d'une prière, il acquiesça sans hésiter. Il fit appeler des ouvriers qui, munis de leviers et de cordes, s'échinèrent pendant plus d'une heure avant de réussir à déplacer la pierre. Le trou béant qui s'ouvrait au-dessous recelait un petit escalier.

« Apportez des torches ! » ordonna Ooka, excité par cette découverte.

« Que comptez-vous faire ? » demanda le prince avec appréhension.

« Descendre et explorer le sous-sol », répliqua le magistrat.

« Mais cela peut se révéler dangereux », le mit en garde le prince.

« Certes, mais on peut y découvrir aussi la clé de l'énigme », tint bon Ooka.

« Vous prétendez que… »

« Pour le moment, je ne peux pas me prononcer », riposta le juge plus sèchement qu'il ne convenait.

Les valets accoururent avec des torches. Débarrassé de ses vêtements du dessus, Ooka descendit en leur compagnie dans le souterrain. Les pierres de l'escalier, descellées, bougeaient sous leurs pieds si bien que chaque pas demandait la plus grande prudence. Ooka avançait, irrésistiblement attiré, ne se laissant pas décourager par l'odeur nauséabonde qui se dégageait des entrailles de la cavité.

Parvenu à la dernière marche, une vaste grotte s'ouvrit devant ses yeux. Le juge fit quelques pas en avant et, voyant que les hommes hésitaient à le suivre, il s'empara d'une torche et éclaira le coin le plus reculé de la caverne, jusqu'alors plongé dans les ténèbres.

Le spectacle qui apparut alors à leurs yeux plongea tout le monde dans la consternation. Un personnage gigantesque, velu et couvert de cicatrices, reposait immobile sur une couche sommaire. Ooka se pencha sur le cadavre et s'écria avec stupeur :

« Vagabond ! Oui, c'est bien lui ! Voilà pourquoi on n'arrivait pas à mettre la main dessus ! »

L'un des serviteurs tira Ooka par la manche :

« Monsieur le juge, veuillez regarder ce qui est écrit ici. »

Ooka leva la tête. Une feuille de papier, couverte d'une écriture malhabile, était épinglée avec un poignard sur le mur au-dessus du lit.

« Éclairez-moi pour que je puisse lire », ordonna le magistrat.

Un valet s'approcha de la couche avec hésitation. Il leva la torche et le juge lut avec peine, éclairé par la flamme vacillante :

"Moi, Saido, surnommé Vagabond, maudis en ces lieux le prince Maeda qui a bouché l'entrée de mon abri avec un rocher, me condamnant ainsi à la mort. Que le malheur le poursuive à chaque pas ! Ainsi soit-il !"

« Voici l'explication de l'énigme du cheval parlant. C'est Vagabond qui l'a provoquée avec sa malédiction ! » s'écria Ooka, en arrachant le papier du mur.

« Vous deux, vous allez remonter avec moi, alors que les autres fouilleront à fond la grotte », ordonna le juge. « Je suis certain que le butin du bandit est caché ici. »

Ooka remonta rapidement l'escalier. En haut, le prince attendait impatiemment son retour.

« Avez-vous trouvé quelque chose ? » demanda-t-il dès que Ooka apparut à la lumière du jour.

« Demandez d'abord qu'on me prépare un bain purificateur, car je suis entré en contact avec un mort. Après, je vais tout vous expliquer. »

Après avoir terminé la cérémonie de purification, il raconta au prince dont les entrailles étaient en train de se dessécher d'angoisse, ce qu'il avait découvert dans le souterrain.

« Ainsi, je suis maudit ! » gémit le malheureux lorsque le juge acheva son récit. « Que vais-je devenir ? Il ne me reste plus qu'à me donner la mort ! » Et le noble esquissa un geste vers l'épée qu'il portait avec une autre à la ceinture.

« Pourquoi cette précipitation ? » dit Ooka en lui posant la main sur l'épaule. « La vie a trop de valeur pour s'en défaire volontairement. Faites appeler un prêtre. Si nous brûlons en sa présence le papier portant la malédiction et le sceau de Vagabond, le sortilège sera brisé et votre cheval cessera de parler. »

Tout se passa selon les prévisions de Ooka.

« Vous ne savez pas, Honorable juge, combien je vous suis reconnaissant ! » dit le *daïmio* lorsque tout fut fini. Ce n'était pas une simple formule de politesse, car des accents de chaleur et de sincérité résonnaient dans sa voix. « Comment pourrais-je vous récompenser ? Acceptez au moins toutes les pièces d'or que les valets ont remonté du repaire du bandit. »

« Nous allons les distribuer aux pauvres d'Edo pour qu'ils puissent, eux aussi, passer les fêtes du Nouvel An en toute tranquillité, sans manquer de rien. Quant à moi, j'ai déjà ma récompense. Aujourd'hui, j'ai enfin réussi à résoudre l'affaire qui pesait sur ma conscience comme ce rocher sur l'entrée de la grotte. »

Sans s'attarder davantage dans la résidence princière, Ooka rentra chez lui, l'esprit au repos, disposé enfin à goûter l'atmosphère des fêtes.

Quelque temps plus tard, on lui rapporta que, obéissant à son ordre, le *daïmio* s'était présenté devant le shogun qui n'était pas parvenu à arracher un traître mot à son cheval. Ainsi, le Seigneur tout-puissant put constater par lui-même que ce qu'on lui avait dit à ce propos n'étaient que des bruits sans fondement. Il laissa le prince Maeda repartir, sans lui causer le moindre ennui.

La dette remboursée

Dans une des ruelles du vieil Edo vivait un homme qui s'appelait Shingobei. Pour gagner sa pitance, il vendait des poissons enrobés d'une pâte légère et frits dans l'huile végétale. Ce mets délicieux appelé *tempura* se mange tout de suite, lorsque les beignets sortent de la poêle. Ils sentent alors si bon que l'eau monte à la bouche de quiconque hume leur odeur, même de loin.

Shingobei possédait une petite boutique au rez-de-chaussée de sa maison. Les clients ne manquaient pas : les voisins venaient s'approvisionner chez lui, ainsi que des passants occasionnels ou encore des pèlerins qui venaient de loin.

Il faut convenir que la *tempura* de Shingobei, trempée dans une sauce aigre-douce, fondait littéralement dans la bouche. Pour cette raison, la caisse était remplie tous les soirs. Il est vrai qu'elle renfermait surtout des piécettes de cuivre parmi lesquelles brillait rarement une pièce d'or, mais le tintement du cuivre sonnait aux oreilles de Shingobei comme une musique paradisiaque, car il aimait l'argent par-dessus tout. Vous l'avez compris. C'était un avare qui n'avait pas son égal dans le monde. Vous n'êtes pas obligés de me croire, mais il se serait damné pour un sou.

Son unique but dans l'existence était de transformer les pièces de cuivre en pièces d'or qui lui étaient plus chères que ses propres parents. Par avarice, il ne s'était pas marié. La seule idée qu'il lui faudrait nourrir une femme et des enfants lui faisait se dresser les cheveux sur la tête.

Pour faire rentrer d'autres piécettes sonnantes et trébuchantes dans sa caisse, il s'installa dans l'inconfort de sa boutique exiguë et loua la chambrette qui se trouvait au premier étage. Les locataires ne restaient pas longtemps chez lui, chassés par son avarice, mais il arrivait toujours à les remplacer par quelqu'un qui ignorait encore à qui il avait affaire.

Un jour, l'avare loua la chambre à l'étudiant Chohei qui apprenait la calligraphie chez un maître réputé, vivant dans le quartier voisin. Chohei, qui voulait acquérir une belle écriture pour pouvoir devenir greffier dans l'administration, avait investi toutes ses économies dans son apprentissage. C'était un bon locataire, silencieux et courtois, qui n'était jamais en retard pour payer son loyer.

Après avoir payé ce que son logeur lui demandait pour sa chambre, après avoir acheté l'encre, le papier et les pinceaux, il ne lui restait presque rien pour vivre. Mais désireux d'apprendre, il n'en avait cure, se contentant d'un ou deux bols de riz par jour.

Chohei se levait aux aurores. À l'aube, il allait se laver au puits, prenait une tasse de thé chaud et se mettait au travail. Après avoir écrasé son encre, il y trempait avec délices son pinceau tendre au manche en bambou, et se mettait à tracer sur du papier d'un blanc éclatant des idéogrammes de l'écriture japonaise, semblables à des images. Après avoir écrit son exercice quotidien, il se rendait chez son maître pour y poursuivre ses études sous sa direction. Il ne revenait que tard dans l'après-midi, au moment où son ventre criait famine. Il dévorait goulûment sa ration quotidienne de riz, avant de se remettre au travail. Souvent, il restait à s'entraîner à la calligraphie jusqu'à une heure avancée de la nuit.

Son propriétaire avare surveillait chacun de ses pas. Il ne trouvait rien à lui reprocher, mais au fond de son cœur, il s'indignait devant ce gaspillage de papier, d'encre et l'usure de coûteux pinceaux. Il trouvait son locataire frivole et paresseux et répondait à peine à son salut.

Un jour, Chohei reçut la visite de son condisciple Kamezo. Originaires du même village, les jeunes hommes avaient toujours quelque chose à se raconter.

« Est-ce que tu as toujours aussi faim ? » demanda tout d'un coup Kamezo à son ami.

« Ne m'en parle pas », soupira Chohei. « Mais tu vas voir. J'ai trouvé une solution. J'attends avec mon repas jusqu'au moment où mon propriétaire commence à faire frire son poisson dans l'huile végétale. Je prends alors avec mes baguettes le riz sec, tout en aspirant profondément le délicieux fumet de *tempura*. À la fin de mon repas, j'ai l'impression d'avoir englouti toutes les portions que le propriétaire a fait frire. Attends un peu, il ne va pas tarder. Tiens, je t'invite à souper. On va servir du riz, accompagné de fumet à volonté de poisson frit. » Kamezo accepta l'invitation et bientôt, force lui était de convenir que son ami disait vrai.

« Cela fait longtemps que je n'ai pas aussi bien mangé... je veux dire, humé », déclara-t-il avec satisfaction après le souper. En rentrant chez lui, il s'inclina poliment devant Shingobei, comme s'il voulait au moins le remercier pour la délectation qu'il lui avait procuré avec son poisson. Sans répondre à son salut, l'avare jeta un regard plein de hargne au jeune homme, et pour cause ! Dans sa boutique du rez-de-chaussée, il n'avait pas perdu une miette de la conversation des deux étudiants. C'était une pierre dans son jardin. Il en tremblait d'indignation. Il se donnait bien du mal pour éviter qu'un voisin ou un client ne lui volent un grain de riz, et voilà que lui-même avait installé un voleur dans sa propre maison !

« Je ne m'attendais pas à une chose pareille de la part de ce Chohei », fulminait-il. « On lui donnerait le bon Dieu sans confession, mais en réalité, c'est un sacré coquin ! Devant moi, il vole le fumet de ma *tempura*, et comme si cela ne suffisait pas, il invite un camarade à souper. Quelle audace ! Il n'a pas honte de voler un malheureux comme moi. Il me faut travailler dur pour pouvoir mettre un sou de côté, alors que lui se contente de barbouiller le papier avec son pinceau en se vautrant sur la table, au lieu de gagner honnêtement sa vie. »

Shingobei sortit un petit boulier en bois, dont aucun commerçant d'Edo ne pouvait se passer, et se mit à additionner, à soustraire, à diviser et à multiplier. Il n'arrêta pas avant d'avoir calculé ce que Chohei lui avait escroqué depuis qu'il logeait chez lui. Sa perte se chiffrait à dix pièces de cuivre.

« Mais comment cela, Monsieur ? Je vous paie régulièrement le loyer en avance, comme nous l'avons convenu. »

« Qui te parle du loyer ? » cria Shingobei. « Tu me dois pour le fumet de mes beignets de poisson. Tu le humes pour accompagner ton riz depuis trois mois que tu loges ici. Qu'est-ce que tu crois ? Je t'ai bien entendu hier soir t'en féliciter devant

« C'est une belle somme », se dit Shingobei, et de rage, il frappa la table de son poing. « Quand je pense combien elle serait mieux dans ma caisse ! Et moi, vieil imbécile, qui nourris gratuitement ce vaurien… »

Pendant ce temps, la nuit était tombée et Shingobei alla se coucher pour ne pas avoir à allumer une chandelle. Toutefois, il ne trouva pas le sommeil, passant le reste de la nuit à se retourner nerveusement sur sa couche. Vers le matin, il prit une résolution. Les choses ne pouvaient pas en rester là ! Il allait montrer à ce jeune homme qui il était vraiment !

« Il paie ou je le traîne devant les tribunaux où on se chargera de lui. Moi, je ne me laisserai pas voler. Il y a bien une justice ! »

Lorsque, au petit matin, Chohei descendit dans la cour, pour faire, selon ses habitudes, ses ablutions au puits, le vieil avare lui barra le chemin et l'apostropha sans ménagement :

« Tu me dois dix pièces de cuivre. Tâche de me rembourser dans les plus brefs délais ! »

L'étudiant le regarda avec stupeur :

maison », ajouta le chiffonnier Goro qui avait fait, lui aussi, une mauvaise expérience avec l'avare. Un jour où il était en train de lui acheter son bric-à-brac, Shingobei lui en avait demandé le prix d'une marchandise toute neuve, ce qui avait

ton ami que tu as d'ailleurs invité à humer gratuitement avec toi. »

« Mais Monsieur, vous ne pouvez pas parler sérieusement ! Qui a jamais entendu dire qu'il faille payer pour avoir humé un fumet de poisson ? » se défendit l'étudiant.

« Entendu ou pas entendu, cela ne m'intéresse pas. Ce que je veux savoir, c'est si tu vas me payer. »

« Je ne vous paierai pas. Où voulez-vous que je prenne cet argent ? » protesta Chohei.

« Si tu ne paies pas, aucune importance ! Je te traînerai devant les tribunaux ! » criait l'avare.

Une voisine, qui tendait l'oreille derrière le mur du jardin pour ne rien perdre de la conversation, courut aussitôt chez le marchand de riz pour lui apprendre la nouvelle. Bientôt, tout le monde sut dans le quartier que Shingobei réclamait à son locataire dix pièces de cuivre pour le fumet de ses beignets. Les gens en riaient à se tenir les côtes.

« Bientôt, il va demander à son locataire de lui payer l'air qu'il respire dans sa

donné lieu à une violente dispute entre les deux hommes.

« Ça y est ! Ils vont au tribunal ! » s'écrièrent les badauds.

« Allons-y aussi ! Il ne faut pas manquer cela ! »

Les femmes ôtèrent leurs tabliers, abandonnant leur lessive et leur cuisine, les hommes déposèrent leurs outils, les commerçants confièrent leurs boutiques aux apprentis pour suivre ensemble l'étudiant et son propriétaire, monsieur Shingobei, au tribunal. Le chiffonnier Goro fermait la marche, en boitillant et en ricanant.

« L'heure de ce vieux grippe-sou a sonné ! J'ai hâte d'y assister ! »

Au tribunal, l'avare exposa ses griefs que Ooka écouta avec attention.

« Y a-t-il des témoins ? » demanda-t-il à la fin.

« Vas-y, Awayako. Tu as tout entendu ! » Les gens poussèrent en avant la grosse voisine de l'avare qui passait des journées entières à surveiller ce qui arrivait dans la ruelle. Connue pour ses commérages, la femme semblait avoir perdu sa langue.

« Est-il exact que le fumet du poisson frit de Shingobei se répand jusqu'au premier étage ? » demanda Ooka.

« Oui, Excellence », bafouilla Awayako.

« L'accusé ici présent, l'étudiant Chohei, a donc la possibilité de le humer tout son soûl ? »

« Oui, Excellence », acquiesça promptement la femme.

« Cela me suffit. Je te remercie », dit

le juge et Awayako, perturbée, s'inclina devant Chohei, au lieu de Ooka avant de disparaître au plus vite tout au fond de la salle.

« Il est donc bien établi que le marchand de beignets Shingobei ici présent dit la vérité, comme l'a confirmé le témoin. Maintenant, c'est ton tour, Chohei », fit le juge en s'adressant à l'étudiant. « Humais-tu le fumet qui montait de la poêle de ton propriétaire chaque fois que tu mangeais ton riz ? »

« Oui, Excellence, c'est exact », répondit le jeune homme poliment. « Mais ce n'est pas… »

« Contente-toi de répondre aux questions », l'interrompit le magistrat. « Le faisais-tu, oui ou non ? »

« Oui, je le faisais », confirma l'étudiant.

« Procédons par ordre. » Ooka reprit la parole. « Le poisson, la poêle et l'huile appartenaient bien à Shingobei. C'est bien cela ? »

« Oui, Excellence, c'est la pure vérité », acquiesça Shingobei avec empressement. Sans lui accorder la moindre attention, le magistrat poursuivait son raisonnement : « Par conséquent, le fumet lui appartient également. »

Cette déclaration laissa toute l'assistance bouche bée, mais rapidement, un murmure parcourut la salle.

« Un peu de silence, s'il vous plaît. Cela signifie que l'étudiant Chohei, demeurant chez monsieur Shingobei dans la ruelle du Chat-qui-boite, s'est rendu coupable de consommation illicite du fumet des beignets de poisson, sans y être autorisé par le propriétaire. On peut déduire de cette affaire qu'il s'agissait d'une odeur délicieuse. »

À cet instant, ne pouvant plus se retenir, le chiffonnier Goro, mis en appétit, avala sa salive avec délectation et fit claquer bruyamment sa langue. Des rires discrets parcoururent l'assistance, mais cessèrent aussitôt, lorsque le magistrat déclara d'une voix grave :

« Ainsi, je condamne Chohei ici présent à payer les dix pièces de cuivre réclamées par son propriétaire Shingobei pour avoir respiré l'odeur de sa *tempura* pendant trois mois, correspondant à la durée de sa location chez lui. »

« Mais, Excellence, a-t-on jamais entendu dire qu'il fallait payer pour le seul fumet de la nourriture ! » objecta l'étudiant.

« As-tu dix pièces de cuivre sur toi ? » demanda Ooka sévèrement.

« Oui, mais si je paie, ma bourse sera vide et il ne me restera plus rien pour payer mon loyer et ma nourriture jusqu'à la fin du mois. Je serai obligé de rentrer chez moi, couvert de honte. »

« Sors ton argent », fit le juge.

Chohei chercha dans sa bourse, puis tendit vers le juge une main tremblante avec dix pièces de cuivre.

« Fais-les passer d'une main à l'autre », ordonna Ooka.

Chohei obéit et les pièces tintèrent gaiement.

« Bien », approuva le magistrat, puis il demanda en se tournant vers Shingobei :

« As-tu bien vu l'argent ? »

« Oui, Excellence », répondit l'avare avec convoitise.

« S'agit-il bien de l'argent de l'étudiant Chohei ? »

« Oui, Excellence. »

« As-tu entendu les pièces sonner ? »
Le grippe-sou acquiesça.

« Considère donc que tu as été remboursé. L'affaire est réglée, vous pouvez repartir chez vous, ainsi que vos voisins. »

« Excellence, il doit s'agir d'une erreur, car je n'ai pas été remboursé », protesta le vieil avare, perturbé. En entendant les pièces tinter dans les mains de l'étudiant, il se mit à les convoiter aussi fort que le chiffonnier sa *tempura* quelques instants auparavant.

« Comment cela ? » s'étonna le juge. « Chohei t'a payé le fumet de ton poisson par le tintement de son argent. Que veux-tu de plus ? »

Des rires éclatèrent dans la salle. Tout le monde se réjouit de la décision de Ooka mais le vieux Goro fut le plus heureux de tous.

Ce litige valut à Shingobei un tel déshonneur qu'il fut obligé de changer de quartier. S'il n'est pas mort, il doit vivre encore et compter ses sous.

L'infaillibilité de Ooka

C'était justement le début de la saison des pluies *(tsuyu).* À Edo, le temps était étouffant et humide. Des vêtements, des sandales et autres effets rangés dans les coffres se recouvraient rapidement d'une couche de moisissure vert-gris. À tout instant, une violente averse s'abattait sur la ville, relayée par un crachin qui pouvait durer des heures. Les hommes, qui avaient du mal à respirer, se montraient plus irritables qu'à l'accoutumée.

Vers la fin d'une de ces journées, le marchand ambulant Hikobei revenait de Ryokoku pour regagner son logis. Il portait un sac de marchandises sur le dos et se sentait las, après une journée harassante. Hikobei était venu s'installer à Edo voilà plus d'un an, laissant à Osaka, éloignée à plusieurs centaines de lieues, sa femme et ses deux enfants. Il s'était laissé dire que la vie dans la capitale shogunale était plus facile que dans son Osaka natale où sa famille avait du mal à finir le mois. À Edo, il souffrait de sa solitude, pensant sans arrêt à ses proches. Mais chaque fois, il se reprenait, conscient qu'il faudrait patienter encore quelque temps. Si tout allait selon ses prévisions, il mettrait de l'argent de côté pour fonder plus tard, à Osaka, sa propre affaire.

Il se livrait à ses spéculations en se hâtant dans les rues d'Edo pour rentrer chez lui. Soudain, une grosse averse le surprit dans le quartier du Cheval d'argent. S'il ne voulait pas être trempé jusqu'aux os, il ne lui restait qu'à s'abriter sous l'auvent de la maison la plus proche pour y attendre une accalmie.

Pendant qu'il attendait, une femme d'un certain âge apparut à l'une des fenêtres de la maison. Elle resta un instant à le considérer, puis elle s'écria :

« Mais c'est monsieur Hikobei ! »

« Et vous, vous êtes Otetsu », fit le marchand. « Avec cette pluie, je n'ai même pas reconnu l'endroit où je me trouvais. »

« Entrez donc, vous n'allez tout de même pas rester dehors ! » l'invita aimablement la servante, avant d'appeler vers l'intérieur de la maison. « Madame, monsieur Hikobei est là. Celui d'Osaka, chez qui vous achetez toujours votre huile capillaire. »

« Vraiment ? » fit aussitôt la voix de madame Otome. « Fais-le entrer. Cela fait longtemps qu'il n'est pas passé chez nous ! »

Hikobei se débarrassa de son sac, ôta ses sandales avant de pénétrer dans une pièce exiguë qui embaumait l'encens. À cette période de l'année, on en brûlait dans tous les logis d'Edo, car l'encens absorbait l'humidité et chassait l'odeur gênante du moisi.

Madame Otome dont l'allure respirait la bienveillance et la noblesse du grand âge, invita son hôte à prendre place sur un coussin carré en soie mauve.

Hikobei s'agenouilla, s'inclina poliment devant la dame et s'installa à l'endroit indiqué.

« Vivement que cette saison des pluies s'achève ! Cette année, elle me paraît interminable », soupira la vieille dame. « Je me sens toute nerveuse, comme si un malheur devait arriver. »

« Ne prenez pas les choses aussi à cœur, Madame », intervint dans la conversation Otetsu qui servait sa maîtresse avec dévouement depuis de longues années. « C'est probablement parce que vous n'arrivez pas à vous habituer à votre nouvelle maison. Après tout, cela ne fait qu'un an que nous avons quitté la demeure de monsieur votre neveu qui était toujours bien animée, tandis qu'ici nous ne sommes que deux. »

« Tu as certainement raison », admit Otome. « Il est vrai que nous sommes bien au calme, mais parfois, je manque de compagnie. Et toi, Hikobei ? » demanda la vieille dame à son invité. « Je suis toujours contente de te voir, car nous avons un peu les mêmes racines. J'ai passé toute ma jeunesse à Osaka et j'aime entendre le parler local. »

« À Edo, tout le monde s'aperçoit tout de suite que je ne suis pas d'ici dès que je dis quelques mots, et parfois cela me dessert auprès de mes clients », se plaignit Hikobei.

« Ils ne tarderont pas à s'apercevoir que tu es brave et honnête, n'est-ce pas, Otetsu ? » La vieille dame se tourna vers sa servante pour la prendre à témoin. Celle-ci acquiesça.

« Si tu as besoin de quelque chose, tu sais à quelle porte frapper », sourit Otome avec bienveillance.

« Certainement, Madame », s'inclina profondément Hikobei. Il se troubla tout d'un coup : « À ce propos… »

« Dis-moi ce qui te préoccupe », l'encouragea Otome.

« Une fois déjà, vous m'avez sorti d'un mauvais pas avec un prêt que j'ai remboursé dans les délais, si vous daignez vous rappeler. »

« Tu n'as pas à te gêner avec moi ! »

« Puisque je suis là… Pourrais-je me permettre de vous demander de me prêter cent ryo ? » Hikobei toussa avant de poursuivre : « Un client de Ryokoku devait me payer aujourd'hui ce qu'il me devait, mais je ne l'ai pas trouvé chez lui. Je voudrais racheter de la marchandise et envoyer un peu d'argent à ma femme et à mes enfants à Osaka. Le *Higan*, Fête des Défunts, approche… » Hikobei regarda la vieille dame d'un air interrogateur.

« Cent ryo, dis-tu », réfléchit Otome. « Pour tout te dire, j'ai justement cette somme sur moi par le plus grand des hasards », dit-elle en désignant une bourse en soie brodée, posée à son côté. « J'étais en train de compter les ryo quand tu es arrivé. Hélas, je me suis engagée dans mes prières à la déesse de la Charité d'en faire don au temple qui lui est consacré, dans le quartier de la Plume d'or. Il faut que je tienne ma promesse pour ne pas l'offenser, bien que je sache que c'est la plus miséricordieuse des divinités. »

« Je ne me permettrais pas de vous le demander. Je connais votre grande piété et sais qu'elle vous vaut l'estime de tous. Ne m'en veuillez pas de vous avoir importunée avec ma requête. »

« Attends, je crois que je pourrai tout de même te rendre service. Otetsu ! » appela-t-elle. « Va dans la chambre du fond et cherche dans le coffre l'étui en bambou que tu connais et apporte-le-moi. Pendant que tu y es, déposes-y cet argent. Il y sera plus en sécurité pour la nuit. Dès demain matin, j'irai le remettre personnellement au prêtre. »

La servante exécuta l'ordre de sa maîtresse, revenant aussitôt avec un étui de forme allongée. C'était un beau travail ancien, en bambou taillé avec grand art, bruni par le temps.

La vieille dame prit l'étui dans ses mains et l'ouvrit lentement, presque solennellement. À l'intérieur, un court poignard au manche élégant, incrusté d'argent, reposait sur un fond capitonné de soie, couleur des fleurs de glycine. Hikobei considérait le précieux objet avec une admiration non dissimulée. Otome le lui tendit :

« Prends ce poignard et porte-le chez le prêteur sur gages qui te donnera l'argent nécessaire. Une fois que ton client t'aura payé, tu le rachèteras et me le rendras. C'est une pièce rare. Mon maître m'en a fait cadeau à Osaka, il y a très longtemps. À l'époque, j'étais jeune et… Mieux vaut ne pas y penser. » La vieille dame chassa le souvenir d'un geste de la main.

« Je ne sais comment vous remercier », dit Hikobei en s'inclinant plusieurs fois. « Je vous promets de vous le rapporter dans quelques jours. »

« Rien ne presse. Du moment que j'ai pu te rendre service, à toi et à ta famille. » Otome hocha la tête. « Il était rangé dans le coffre sans aucune utilité. »

Cette affaire réglée, Hikobei et Otome continuèrent encore à deviser amicalement. Pendant ce temps, la pluie cessa et le marchand prit congé de la dame et de sa servante. Dans l'entrée, il chargea le sac sur son dos et se hâta de regagner son logis qui se trouvait dans le quartier du Puits du bonheur. Nul ne savait pourquoi on avait surnommé ainsi cette partie de la ville. En réalité, on y rencontrait plus de misère que de bonheur. Les riches demeures spatieuses y cédaient la place à ces longues maisons en bois, les *nagaya*, sorte de taudis qui abritaient des pauvres gens par familles entières dans des pièces exiguës.

Après le départ de Hikobei, la servante se mit à préparer le dîner. Elle remarqua un inconnu qui se tenait à l'entrée de service et examinait la maison. Elle lui demanda ce qu'il voulait, mais l'homme s'en alla sans lui répondre. Otetsu nota qu'il claudiquait. Trouvant cela étrange, elle fit part de ses inquiétudes à sa maîtresse. Celle-ci soupira :

« Aujourd'hui, on ne peut se fier à personne. Ce que nous avons de mieux à faire, c'est de manger et d'aller nous coucher sans tarder. »

Leur repas du soir terminé, un messager de la maison du neveu vint pour dire que son maître, qui avait des invités, demandait à Otetsu de venir apporter son aide dans les cuisines et rester toute la nuit.

« Je ne sais pas si je dois laisser Madame seule », hésitait Otetsu. « Toute la journée, elle était inquiète et ce soir, un individu étrange rôdait autour de la maison. »

« Va, puisqu'on a besoin de toi », l'incita sa maîtresse. « Je fermerai bien l'entrée principale comme la porte de derrière, de sorte que personne ne pourra pénétrer dans la maison. »

« Soit », céda la servante. « Demain, matin, je vais me hâter pour rentrer au plus vite. »

Après son départ, Otome mit le verrou aux deux portes, se coucha et s'endormit rapidement du sommeil des justes.

Le hasard voulut que peu avant minuit, Gonza et Sukeju dont le métier consistait à transporter des clients dans les chaises d'une extrémité d'Edo à l'autre, passassent devant la maison d'Otome. Ce jour-là, ils avaient dû parcourir un long trajet, de sorte qu'ils ne tenaient plus sur leurs jambes. Un client leur avait demandé de le porter jusqu'à Azabu, et ils devaient faire encore un bon bout de chemin avant de regagner le quartier du Puits du bonheur où ils vivaient dans le même *nagaya* que Hikobei. Tout en portant leur chaise, ils remarquèrent sous l'auvent de la maison un éclair qui ressemblait à une lame d'épée. L'eau clapota dans la cuve placée sous la gouttière et une silhouette s'anima. L'inconnu remarqua probablement la lumière des lanternes accrochées sur la chaise et s'enfuit. Les porteurs constatèrent qu'il boitait.

« C'est étrange ! » s'adressa Gonza à voix basse à son compagnon. « Qui cela pouvait-il bien être ? Et que faisait-il là ? Viens, allons voir de qui il s'agit ! »

Les porteurs s'approchèrent à pas de loup de la maison. En éclairant la cuve de leurs lanternes, ils virent que l'eau avait la teinte de la chair d'une pêche mûre.

« Du sang ! » s'écria Sukeju épouvanté. « Ce bonhomme a assassiné quelqu'un et c'est ici qu'il a lavé son épée ! »

« Tais-toi ! » siffla Gonza et il saisit son compagnon par la manche pour l'entraîner loin de la maison.

Le lendemain matin, Otetsu se leva aux aurores et se hâta pour rentrer le plus tôt possible, comme elle l'avait promis à sa maîtresse. Arrivée devant la maison, elle eut la surprise de trouver la porte principale entrouverte.

« C'est curieux ! » pensa-t-elle. « Madame qui est si méticuleuse veille toujours à ce que les portes soient bien fermées la nuit. »

En entrant, elle aperçut tout de suite des traces de sang sur des nattes qui tapissaient le sol. Elle se précipita vers la chambre de sa maîtresse, en proie à un horrible pressentiment. Otome gisait morte dans une mare de sang.

« À l'assassin ! On a commis un meurtre ! » hurla Otetsu en courant dans la rue comme si elle avait perdu la raison. Bientôt, une foule de badauds l'entoura et les langues allèrent bon train pour commenter le terrible événement : « Quelle brave dame ! Elle n'aurait pas fait de mal à une mouche ! Qui a bien pu faire une chose pareille ? »

Heureusement, une personne sensée eut l'idée d'appeler la police. Des policiers à la mine sévère se présentèrent rapidement. « Dispersez-vous ! Que personne n'entre dans la maison ! Nous devons relever toutes les traces ! »

« C'est toi qui as découvert le cadavre ? Qui es-tu ? » Ils interrogèrent Otetsu et le commandant ordonna qu'on appelât le neveu de la vieille dame, monsieur Ichirozaemon, propriétaire d'un commerce de riz. Celui-ci confirma, la première surprise passée, que la servante était restée toute la nuit dans sa maison. À part cela, il ignorait tout de l'affaire.

Un policier découvrit dans une chambre du fond un coffre ouvert.

« Qu'est-ce qui manque ? » fit-il en rudoyant la servante.

« Je… je ne sais pas », sanglotait Otetsu, terrorisée.

« Parle ! Tu étais la dernière à voir madame Otome en vie. »

« Il… il y avait cent ryo et ils n'y sont plus », articula à la fin la servante. « Madame voulait les remettre personnellement ce matin au prêtre du temple de la déesse de la Charité. »

« Qu'est-ce qui manque encore ? » voulurent savoir les policiers.

« Je constate que l'étui en bambou qui renfermait un précieux poignard a également disparu », remarqua le neveu qui assistait à l'interrogatoire. « Ma tante me l'a montré, récemment encore. »

« Madame l'a donné hier à Hikobei pour qu'il le porte chez le prêteur sur gages », expliqua Otetsu.

« Qui est Hikobei ? Que faisait-il ici ? Pour quelle raison madame Otome lui a-t-elle confié précisément ce poignard ? » demandèrent les policiers. Ils se persuadèrent à la fin que seul Hikobei pouvait être l'assassin, car il était le dernier à avoir vu l'argent. Ils n'eurent cure des protestations de la servante qui leur assurait qu'il ne pouvait pas s'agir de lui, parce que sa maîtresse, qui le connaissait depuis plus d'un an, le considérait comme un homme brave et intègre. Il aurait été incapable de commettre un tel crime.

« Tais-toi, sinon nous te conduirons devant le tribunal de la Ville du Sud, en qualité de complice. »

Ils effrayèrent Otetsu tant et si bien qu'elle finit par garder le silence.

Le commandant des policiers ordonna qu'on arrêtât Hikobei et qu'on l'amenât devant le juge Ooka. La nouvelle du crime se répandit à Edo comme un incendie attisé par le vent. En moins d'une heure, les clients des bains publics, dans le quartier du Puits heureux, commentaient déjà l'événement. Tout en barbotant au petit matin dans l'eau chaude, un homme gros s'adressa à son voisin, maigre comme un hareng :

« Es-tu au courant pour le meurtre qu'on a commis dans le quartier du Cheval d'argent ? On y a volé cent ryo, à ce qu'il paraît. »

« Pas cent ryo, mais mille », contredit le gringalet.

« Pas du tout, il n'y en avait que cinquante », se mêla un homme couvert de tatouages de la tête aux pieds.

« Tu n'y es pas, il y en avait bien mille », tint bon l'homme maigre. « C'est arrivé dans la famille d'un marchand de riz qui a sûrement beaucoup d'argent ! »

« Ne vaut-il pas mieux alors être pauvre ? À nous, on ne peut rien nous voler, n'est-ce pas, les amis ? » rit l'homme gros.

« C'est la pure vérité, mais quelques pièces supplémentaires de cuivre ou d'argent seraient quand même les bienvenues », estima l'homme tatoué en se grattant derrière l'oreille.

« Et voilà ! On a encore égorgé une personne et la police n'a toujours pas trouvé le criminel de Shiba ! » ajouta un homme d'âge moyen. « Combien de temps va-t-il sévir encore ? »

Tout d'un coup, Gonza et Sukeju surgirent de la vapeur. « Rien ne vaut un bon bain du matin », se félicitèrent-ils. « C'est comme une seconde naissance. Ah, c'est vous ? » firent-ils en reconnaissant leurs voisins dans le groupe d'hommes qui bavardaient. Ils habitaient tous dans le même *nagaya*.

« Vous êtes rentrés bien tard, hier soir. Vous étiez encore à l'autre extrémité de la ville », les apostropha l'homme tatoué, confirmant par ses propos ce que nul n'ignorait : on ne pouvait garder aucun secret dans le *nagaya*.

« Tu as raison. Nous avons porté un client à Azabu », répondit Gonza.

« Alors vous ne devez pas savoir ce qui est arrivé cette nuit dans le quartier du Cheval d'argent. »

« Qu'est-il arrivé ? » s'inquiéta Sukeju.

« Quelqu'un y a mis fin aux jours de la tante d'un marchand de riz et a disparu avec mille ryo dans la poche ! »

« Quoi ? » Sukeju regarda Gonza avec insistance et ajouta à voix basse : « Nous passions justement par là ! »

« Et alors ? » répliqua Gonza.

« Ne devrions-nous pas le signaler à la police ? »

« Qu'est-ce que vous chuchotez là ? » intervint le gringalet. « C'est peut-être vous qui avez fait le coup… »

« Mêle-toi de ce qui te regarde ! » le remit à sa place Gonza, en donnant un coup de coude à Sukeju. « Il faut qu'on y aille. On va avoir une journée bien remplie ! » Les porteurs prirent rapidement congé de leurs voisins et partirent pour exercer leur pénible profession.

En rentrant à la maison le soir, ils trouvèrent le *nagaya* sens dessus dessous. Tout le monde était sur le qui vive, hommes, femmes, vieux, jeunes, et même les enfants. On se serait cru dans une ruche. Les femmes penchaient leurs têtes pour mieux s'entendre, les hommes gesticulaient avec verve.

« Qu'est-ce qui se passe ? » demandèrent les porteurs.

« Vous n'êtes pas au courant ? On est venu arrêter Hikobei », les informa une âme charitable.

« Hikobei ? Qu'a-t-il bien pu faire ? Lui, qui est si doux et si brave », s'étonnèrent Gonza et Sukeju.

« Lui, on l'arrête, alors qu'on laisse courir les voyous », renchérit d'une voix de stentor la marchande de perruques et de postiches, réputée pour ses commérages.

« Regardez, on l'amène ! » s'écria quelqu'un en montrant du doigt la porte du *nagaya,* dans laquelle vint s'encadrer Hikobei enchaîné, escorté par les policiers. Pâle comme la mort, il tremblait de tous ses membres. Il s'arrêta devant le propriétaire de la maison et supplia : « Monsieur Rokurobei, de ma vie je n'ai fait de mal à personne ! Prenez ma défense, je vous en prie ! »

« Aie confiance ! J'attesterai que tu es un homme intègre ! » le rassura le propriétaire.

« Merci infiniment ! » dit Hikobei, en s'inclinant profondément.

« Le juge Ooka te relâchera quand il se rendra compte de ton innocence », l'encouragèrent les voisins. « Ne crains rien ! Nous sommes avec toi ! »

« Maintenant, cela suffit ! » intervinrent les gardes. « Au nom du shogun, dégagez le chemin ! »

Les habitants du *nagaya* n'eurent qu'à s'exécuter.

« Reviens-nous vite ! » appelaient-ils encore à la suite de Hikobei.

« S'il m'arrive malheur, ayez la bonté de prévenir ma femme et mes enfants à Osaka ! » se retourna une dernière fois celui-ci.

« Sois sans crainte », le rassura le propriétaire en faisant quelques pas en sa direction. Un policier l'arrêta dans son élan : « Restez où vous êtes. On fera appel à vous le moment venu. »

117

« D'accord. Mais sachez tout de même que si cet homme était un criminel, le soleil commencerait à se lever à l'ouest et non à l'est. »

Dix jours passèrent et les habitants du *nagaya* restaient sans nouvelles de Hikobei. Parmi tous ceux qui venaient s'enquérir de son sort, figurait un jeune vaurien nommé Kantaro, installé quelques blocs de maisons plus loin. Déjà auparavant, il apparaissait de temps à autre au *nagaya*. Il prétendait gagner sa vie en vendant des fruits, mais plutôt que de le croiser avec deux paniers suspendus sur une perche, on avait des chances de le voir les deux mains dissimulées dans les manches amples de son kimono, en train de flâner dans les rues d'Edo pour commettre des menus larcins ou essayer de manger gratuitement. Les gens du *nagaya* n'aimaient pas le voir rôder chez eux.

Le jour où le propriétaire devait se présenter au tribunal pour être interrogé au sujet de Hikobei, Kantaro fit une apparition soudaine dans le quartier du Puits du bonheur. Il apporta du vin et des gâteaux pour régaler généreusement tout le monde.

« Où as-tu pris l'argent ? » s'étonnèrent les gens.

« Pourquoi me le demandez-vous ? » grimaça Kantaro. « Je l'ai gagné à la loterie. »

« La chance sourit à ce vaurien. Ce n'est pas à nous que cela arriverait », murmuraient les voisins derrière son dos sans pour autant refuser le vin et les friandises qu'il leur proposait. En effet, ce n'est pas tous les jours que l'occasion se présente aux pauvres d'améliorer leur ordinaire, et gratuitement qui plus est !

Le soir, le propriétaire de la maison revint enfin du tribunal. D'emblée on voyait qu'il n'apportait pas de bonnes nouvelles.

« Hikobei est dans de mauvais draps », déclara-t-il. « Toutes les charges pèsent sur lui. Il a été le dernier à voir l'argent dont tout le monde ignorait l'existence, à part la servante et le neveu de la vieille dame. On a aussi trouvé chez lui le précieux poignard qui était rangé dans le coffre de la chambre du fond. Il est vrai que la servante soutenait que madame Otome le lui avait confié pour qu'il le portât chez le prêteur sur gages, mais malheureusement, on la soupçonne d'être sa complice. »

« C'est que cela doit être vrai », remarqua Kantaro. « Il est jugé par Ooka qui ne se trompe jamais, c'est de notoriété publique à Edo. »

« Tu ferais mieux de te taire, toi ! » le rabroua une voix dans l'assistance. « As-tu une raison particulière d'en vouloir à Hikobei ? »

« Aucune. Mais je ne mettrai pas ma main à couper pour un oisif d'Osaka. Eh bien, il est temps pour moi de m'en aller », déclara-t-il subitement, comme s'il en savait assez, et il repartit en direction de sa maison. Le hasard voulut qu'il rencontrât Gonza et Sukeju qui allaient dans la direction opposée. En suivant le jeune homme des yeux, Sukeju donna un coup de coude à son ami : « Écoute, il me semble qu'il a exactement la même démarche que le gars que nous avons surpris l'autre nuit dans le quartier du Cheval d'argent. Regarde bien : il boite ! »

« Tu as raison. J'ai eu la même idée », acquiesça Gonza. Ils durent interrompre leur conversation, car la marchande de perruques vint se joindre à eux pour leur annoncer : « L'affaire de Hikobei prend une vilaine tournure. Désormais, rien ne pourra le sauver ! »

« C'est horrible ! » s'effrayèrent les porteurs. « Il est certainement innocent ! »

« Interrogez monsieur le propriétaire, il vous le confirmera », répondit la femme en désignant Rokurobei qui se tenait un peu à l'écart.

« C'est la vérité », soupira-t-il. « Il ne me reste plus qu'à écrire à sa femme et à ses enfants à Osaka. »

« Je ne voudrais pas être à leur place », estima une femme, en se voilant le visage avec sa manche de kimono pour dissimuler les larmes qui lui montaient aux yeux.

Après le départ du propriétaire, Sukeju entraîna Gonza à l'écart du groupe.

« Ne penses-tu pas que nous devrions faire part à la police de ce que nous avons vu ? » le consulta-t-il à voix basse. « Il serait peut-être encore temps de le sauver. »

« Es-tu devenu fou ? Je t'ai déjà dit cent fois qu'on allait nous rendre responsables du meurtre ! » le rabroua Gonza.

« Mais c'est Ooka qui juge l'affaire et lui, il est juste ! »

« Il ne faut pas compter sur la justice ! » fit Gonza à son compagnon.

Pendant ce temps, dans la lointaine Osaka, l'épouse de Hikobei ignorait encore tout de l'infortune de son mari. Le courrier était porté par des messagers à cheval rapides qui se relayaient en chemin, tant et si bien que la nouvelle de la condamnation à mort de son époux lui parvint en peu de temps.

« Cela ne peut pas être vrai ! » se lamenta la pauvre femme. Elle appela ses deux fils pour leur apprendre la tragique nouvelle.

« Bien que ce soit marqué noir sur blanc, c'est un mensonge. Votre père est innocent. Il a toujours été bon et intègre. »

« Nous ne pouvons pas laisser faire, maman ! » s'écria Hikisaburo, fils aîné de Hikobei, qui venait tout juste d'atteindre ses quinze ans. « J'irai à Edo et ferai tout ce qui est en mon pouvoir pour rendre l'honneur à mon père. »

« Sais-tu, mon garçon, combien la route à Edo est longue et quels périls te guettent en chemin ? »

« Je ferai n'importe quoi pour sauver mon père. J'irai de bon cœur, rien ne m'arrêtera », déclara Hikisaburo bravement.

« Entendu, vas-y et fais ton devoir de bon fils », accepta sa mère en reprenant du courage. Elle lui prépara un baluchon, un bâton de pèlerin, des sandales en paille tressée, et déposa quelques pièces en cuivre dans la bourse qu'il portait à la taille pour lui permettre d'assurer les dépenses indispensables.

« Bonne route et bonne chance à Edo ! » lui souhaita-t-elle au moment des adieux, et elle l'étreignit, les larmes aux yeux.

Le garçon prit la route poussiéreuse appelée Tokaido qui longeait la côte de la mer Orientale et reliait la capitale Kyoto à la ville d'Osaka, puis à Edo. Il marcha sans relâche, jour et nuit, dans la canicule, sous la pluie ou dans le froid, jusqu'à ce qu'il arrivât au bout de deux mois à Edo, dans un lieu nommé Suzukamori où se trouvaient une prison tristement célèbre et l'échafaud. Il faisait nuit noire, l'air était chargé d'odeurs étranges. Les cheveux de Hikisaburo se dressèrent sur sa tête. Épouvanté, il voulut s'enfuir pour s'éloigner le plus vite possible de cet endroit sinistre, mais soudain, il aperçut deux lanternes allumées qui approchaient en se balançant. C'étaient Gonza et Sukeju qui, leur journée de travail terminée, rentraient chez eux avec leur chaise. Le garçon s'écarta pour se dissimuler à leur regard et les porteurs firent halte à quelques pas de lui.

« Si on soufflait un peu ? Qu'en dis-tu, ami ? » suggéra Gonza, posant la chaise par terre.

« Tu as raison. Aujourd'hui, j'en ai assez. Quel trajet ! Et ce client grassouillet ne se portait pas non plus tout seul. Il aurait dû prendre notre place ne serait-ce qu'un moment, cela lui aurait fait un grand bien », soupira Sukeju.

« Hélas, il faut bien gagner sa vie d'une façon ou d'une autre ! » rétorqua Gonza.

« Chaque fois que nous traversons cet horrible endroit, je ne peux pas m'empêcher de songer à monsieur Hikobei, Gonza », fit Sukeju. « Il a payé à la place d'un autre. Nous avons vu de nos propres yeux ce boiteux laver son épée ensanglantée dans la cuve, sous la gouttière. Nous avons eu tort de ne pas le signaler à la police ! »

« Ce qui est fait, est fait. Ainsi va la vie. Il n'y a pas de justice pour les malheureux. Il commence à faire froid. Allons-y ! » déclara Gonza en soulevant énergiquement la chaise.

Au début, Hikisaburo n'écoutait pas la conversation, mais en entendant mentionner le nom de son père, il dressa l'oreille. Dès que les porteurs se remirent en route, il les suivit. Hélas ! Gonza et Sukeju marchaient d'un bon pas si bien que par moments, le garçon succombait au désespoir, voyant le feu de leurs lanternes disparaître au tournant d'une rue. Chaque fois, cependant, il réussissait à les rattraper. Il avait l'impression de vivre un rêve étrange dont il allait se réveiller d'un instant à l'autre.

Les porteurs arrivèrent enfin au quartier du Puits du bonheur et s'engagèrent dans la ruelle du *nagaya*.

« L'un des deux s'appelle Gonza. C'est ainsi que l'autre le nommait. Il faut que je m'en souvienne pour pouvoir le retrouver dans la journée », récapitula encore le garçon avant de se coucher par terre près d'un enclos entourant une réserve de bois coupé et s'endormir à poings fermés.

Le lendemain, au lever du soleil, le *nagaya* se remit à vivre. C'était justement la veille de la fête célébrant l'équinoxe de l'automne, si bien que tout le monde se mit à faire le ménage, sous la houlette de monsieur le propriétaire. La ruelle retentissait des claquements et des bruissements des balais et des plumeaux.

« On s'en sort bien », se félicitait le propriétaire. « Bientôt, la maison va briller comme un sou neuf. Rien ne vaut un bon nettoyage ! »

À cet instant, Hikisaburo fit son entrée. Par mégarde, il se mit en travers de la route de Sukeju qui sortait un matelas. « Fais un peu attention, maladroit ! » s'emporta celui-ci, puis, après avoir bien regardé le garçon, il se radoucit : « J'ai l'impression que tu es pèlerin et que tu as un long chemin derrière toi. Que fais-tu ici ? Qui cherches-tu ? »

« Je cherche Monsieur le propriétaire Rokurobei. J'ai reçu sa lettre. Je viens d'Osaka. »

« Attends un peu ! N'es-tu pas le fils de Hikobei ? »

« Si. Je m'appelle Hikisaburo. »

Sukeju appela tout de suite le propriétaire. Celui-ci reçut le nouveau venu avec gentillesse :

« Sois le bienvenu, mon garçon ! Ne veux-tu pas te reposer un peu après un si long voyage ? »

« Non, merci. Je ne suis pas venu me reposer, mais réhabiliter le nom de mon père. »

« C'est très gentil de ta part, mais je doute que tu puisses y parvenir », rétorqua le propriétaire, très ennuyé. « On dit que ton père a avoué. Il a été jugé par Ooka qui, comme tout le monde le sait, ne se trompe jamais. »

« Même le meilleur des juges peut se tromper », s'écria le garçon. « Je sais que je ne pourrai pas faire ressusciter mon père, mais j'arriverai à laver son nom du déshonneur. J'ai la preuve de son innocence. »

« Vraiment ? Laquelle ? » demanda le propriétaire vivement intéressé. Tout le monde se tut.

« Est-ce que le porteur Gonza vit dans le *nagaya* ? »

« Oui, c'est lui, là-bas », répondit monsieur Rokurobei, en désignant un homme qui se tenait près du puits. « L'homme à côté de lui s'appelle Sukeju. Ils exercent leur métier ensemble. Mais d'où connais-tu Gonza ? »

« Je ne le connais pas, mais dans la nuit, j'ai surpris par hasard sa conversation avec Sukeju, dans les environs de la prison de Suzukamori. »

« Et que disaient-ils ? » Les habitants du *nagaya* entourèrent l'adolescent.

« Qu'ils connaissaient le vrai meurtrier. »

« Comment peuvent-ils le connaître ? Pourquoi n'ont-ils rien dit au tribunal ? » s'étonnaient-ils tous ensemble.

« Venez ici », appela le propriétaire s'adressant aux deux porteurs qui s'exécutèrent sans enthousiasme.

« Et maintenant, dites ce que vous savez sur cette affaire, mais sans mentir », ordonna Rokurobei avec autorité.

« Mais rien, que devrions-nous savoir ? Hikisaburo a dû nous confondre avec quelqu'un d'autre », tergiversaient les deux hommes.

« Je les ai entendus de mes propres oreilles, je peux le jurer », fit le garçon en leur coupant la parole. « Ils disaient qu'ils avaient vu le meurtrier laver, cette fameuse nuit, son épée dans la cuve sous la gouttière. »

« Gonza, Sukeju, la plaisanterie a assez duré ! » s'emporta le propriétaire. « Maintenant, il faut dire la vérité ! »

« Vous n'avez pas pitié de cet enfant ? » intervinrent les voisins avec indignation.

« Que Gonza commence le premier », dit Sukeju en donnant un coup de coude à son comparse.

« Pourquoi moi ? Commence si tu veux. »

Une femme, encore jeune, qui portait un enfant sur le dos, se fraya le chemin à travers la foule pour se planter devant Gonza, en le regardant droit dans les yeux. « Écoute, mon bonhomme, si tu sais quelque chose, alors dis-le devant tout le monde. Prouve que tu es un homme ! »

« Si c'est ce que tu veux… », se tortillait Gonza, tout penaud. « Mais je propose que Sukeju… »

« C'est à toi que je demande de commencer. »

« Alors, qu'est-il arrivé vraiment ? » intervint le propriétaire, interrompant l'intermède conjugal.

« C'était une nuit d'été, étouffante et humide. Nous revenions justement d'Azabu et… »

« C'était à minuit… » Sukeju profita d'un moment d'hésitation pour dire aussi quelque chose et satisfaire la curiosité de l'auditoire qui écoutait avec passion. « Nous traversions le quartier du Cheval d'argent quand nous avons vu… »

« Qu'avez-vous vu ? » demanda quelqu'un.

« C'est à Gonza de continuer », abandonna Sukeju au moment crucial.

« Nous avons vu quelqu'un laver une épée sous la gouttière de la maison de madame Otome. La lumière de nos lanternes l'a fait déguerpir. »

« Qui était-ce ? »

« Comment savoir ? Il était minuit, n'est-ce pas, Sukeju ? » fit Gonza à l'adresse de son ami.

« Oui, mais nous avons remarqué qu'il boitait », bredouilla Sukeju, « alors, c'était probablement… »

« …Kantaro », lâcha finalement Gonza.

« Nous allons de ce pas l'annoncer à la police », décida le propriétaire.

« Certainement pas », s'opposèrent les deux porteurs. « Nous ne voulons pas de démêlés avec l'administration. »

« Rien ne vous arrivera, je peux vous le jurer. Mais pour plus de sécurité, je vais vous attacher pour que l'idée de me fausser compagnie ne vous vienne pas en route. Que quelqu'un m'apporte deux bonnes cordes de chanvre ! » ordonna le propriétaire.

Au bout d'un instant, un cortège étrange prit le chemin de la Ville du Sud. Monsieur Rokurobei marchait en tête, suivi de Hikisaburo et de deux porteurs si solidement attachés qu'ils avaient du mal à reprendre le souffle.

Ooka entendit le garçon, Gonza et Sukeju, puis convoqua Kantaro, suite à leurs déclarations. Lorsqu'il se présenta, le juge lui demanda :

« Raconte ce qui s'est passé cette nuit de juillet, dans le quartier du Cheval d'argent. »

« Que devait-il arriver ? Je ne suis au courant de rien ! Pourquoi m'a-t-on conduit ici ? » répliqua Kantaro avec arrogance.

« Parce que j'ai besoin de te poser quelques questions d'une importance capitale », fit Ooka.

« Je n'ai rien fait ! Relâchez-moi ! Vous n'avez aucune preuve ! » vociférait Kantaro.

Ooka passa sur son comportement incorrect sans faire de commentaires, se contentant de dire :

« Je vais t'accorder un temps de réflexion, et pour cette raison, l'audience est levée. »

Le magistrat profita de la pause pour s'enquérir des résultats d'une perquisition effectuée dans le logis de Kantaro. L'après-midi, il ouvrit l'audience par une question :

« De quoi vis-tu, Kantaro ? »

« Je suis marchand des quatre-saisons. À la fin du printemps, je vends des pêches, en été des melons, en automne des pommes et des poires, et quand arrive l'hiver, je vends des kakis. »

« Comment se fait-il alors qu'on n'a pas trouvé chez toi des paniers pour transporter ta marchandise ? »

« Des paniers ? Chez moi… ? »

« Par contre, on y a trouvé ceci ! »

Sur un signe de Ooka, un employé du tribunal déploya un kimono en coton dont une manche était ensanglantée.

« Peux-tu nous expliquer ce que cela signifie ? »

« Mais certainement ! » se ressaisit rapidement Kantaro. « Une nuit, un chien hurlait à la mort dans notre quartier. Comme il m'empêchait de dormir, j'ai pris un bâton pour lui assener un bon coup sur la tête et le faire arrêter. »

« Pourquoi l'as-tu alors dissimulé sous une natte où les policiers l'ont découvert ? » Cette question finit par confondre Kantaro. Il essaya de résister pendant un moment, puis finit par avouer. Après qu'on l'eut amené, Ooka se tourna vers Hikisaburo : « L'honneur de ton père est sauf. Es-tu satisfait ? »

Le garçon éclata en sanglots :

« À quoi cela m'avance-t-il, Monsieur le juge », dit-il après s'être ressaisi. « Il a été condamné à mort, alors qu'il était innocent. Personne ne nous le rendra. »

« Le garçon a raison ! » fit Gonza qui retrouva soudain son courage.

« Oui, il s'avère que même le juge Ooka n'est pas infaillible ! » renchérit Sukeju. À peine eurent-ils proféré ces paroles que les porteurs se regardèrent, effrayés par leur propre audace.

« Un peu de calme ! » réclama Ooka en élevant la voix, puis il fit signe à son assistant. « Amène le prisonnier qu'on a transféré ici de la prison de Suzukamori ! »

« Ce prisonnier, qui peut-il être ? » La question muette était sur toutes les lèvres. Tous attendaient son apparition. Enfin, la porte coulissa et les gardiens introduisirent dans la salle un homme d'âge moyen, amaigri, dont le visage pâle était marqué par de récentes souffrances.

« Le reconnais-tu ? » demanda Ooka à Hikisaburo.

« Papa ! » le garçon s'élança vers le prisonnier et l'étreignit.

« Que fais-tu ici, mon fils ? » demanda Hikobei comme s'il n'en croyait pas ses yeux.

« Je suis venu te rejoindre. Ou plutôt, je pensais que tu étais… »

« Comme tu peux le constater, ton père est sain et sauf », intervint Ooka. « Il sera relâché aujourd'hui même. »

« Comment est-ce possible, Monsieur le juge ? » interrogea le garçon, incrédule.

« Je vais t'expliquer », sourit Ooka. « Voilà ce qui s'était passé : en interrogeant Hikobei, j'ai acquis la conviction qu'un homme comme lui ne pouvait pas commettre un crime crapuleux. Malheureusement, je manquais de preuves pour l'acquitter. J'ai alors simplement déclaré que j'allais le condamner à la peine capitale, sans jamais prononcer le verdict comme tout le monde le croyait. J'attendais de voir si un hasard n'allait pas m'aider à élucider cette affaire. C'est ce qui est arrivé aujourd'hui. Et si Gonza et Sukeju avaient apporté plus tôt leur témoignage, ils auraient épargné à Hikobei et à sa famille une grande souffrance. »

Les deux porteurs, honteux, auraient aimé rentrer sous terre.

« Et nous qui nous sommes permis en plus de mettre en doute votre sens de la justice », s'écrièrent-ils confus, frappant le sol de leurs fronts.

« Que cela vous serve de leçon pour la prochaine fois », conclut Ooka sans colère. « Il est vrai que vous vous êtes laissés aller au découragement, mais vous n'êtes pas sans mérite, car vous avez contribué à l'arrestation d'un criminel. Pour cette raison, vous avez chacun droit à une récompense de dix ryo. »

Sur ces paroles, Ooka fit signe à son assistant. « Nous terminons… Cette affaire est close et une autre nous attend. Il est grand temps de nous y mettre. »

La statue ligotée

À l'époque où Ooka exerçait à Edo, un pauvre jeune homme nommé Yagoro vivait à Takaracho, le quartier des Trésors. Il était si honnête et travailleur qu'on aurait eu du mal à trouver son pareil. Son maître, Hachigoemon, commerçant en soie, se reposait entièrement sur lui. Il l'envoyait faire des démarches qu'il n'aurait jamais confiées à personne.

Un jour, monsieur Hachigoemon demanda à Yagoro de porter une cargaison de plusieurs pièces de soie blanche chez un client qui vivait à l'extrémité opposée de la ville. Yagoro enveloppa la marchandise dans un drap bleu qui portait la marque de la firme de son maître, chargea le fardeau sur son dos en le faisant sauter un peu pour mieux le caler. La charge était lourde, mais Yagoro était endurci à la tâche.

« Ne traîne pas en chemin et tâche de revenir rapidement », appela encore son maître, debout sur le pas de la porte. « Je vais avoir besoin de toi dans le magasin ! »

Yagoro acquiesça, prit poliment congé et se mit en route. C'était une matinée radieuse qui annonçait une belle journée d'été, mais Yagoro n'avait pas le temps d'admirer le paysage. Il courait en faisant claquer ses sandales contre ses talons. Il ralentit, cependant, en traversant le marché aux volubilis. Au Japon, on appelle les volubilis les « joues d'aurore », car ils s'épanouissent au petit matin. Ainsi, leurs amateurs doivent se lever à l'aube s'ils veulent admirer leur floraison. Au marché, les fleuristes avaient disposé les

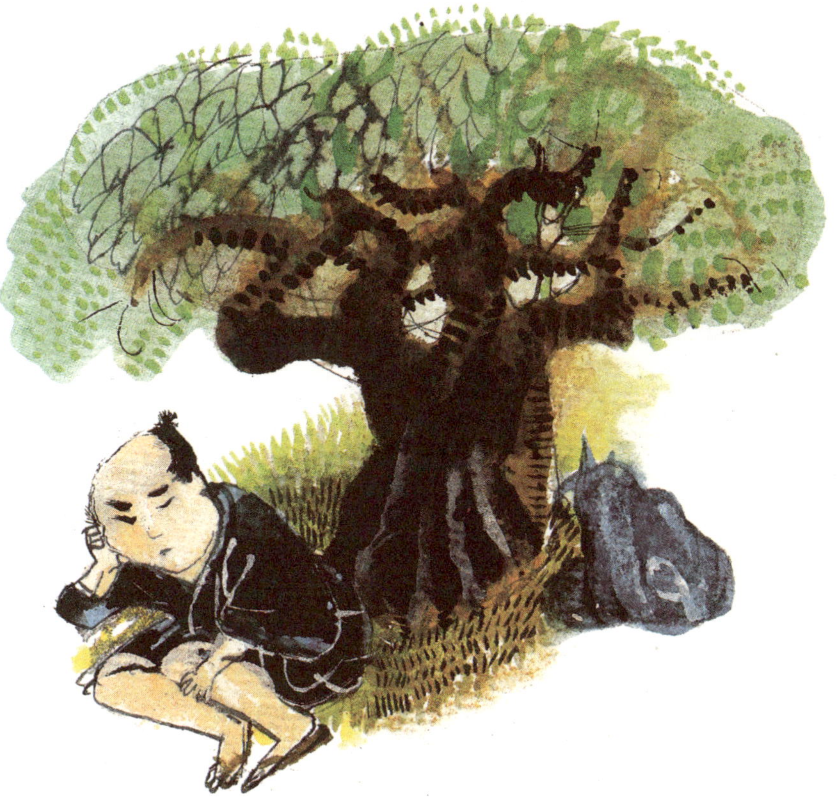

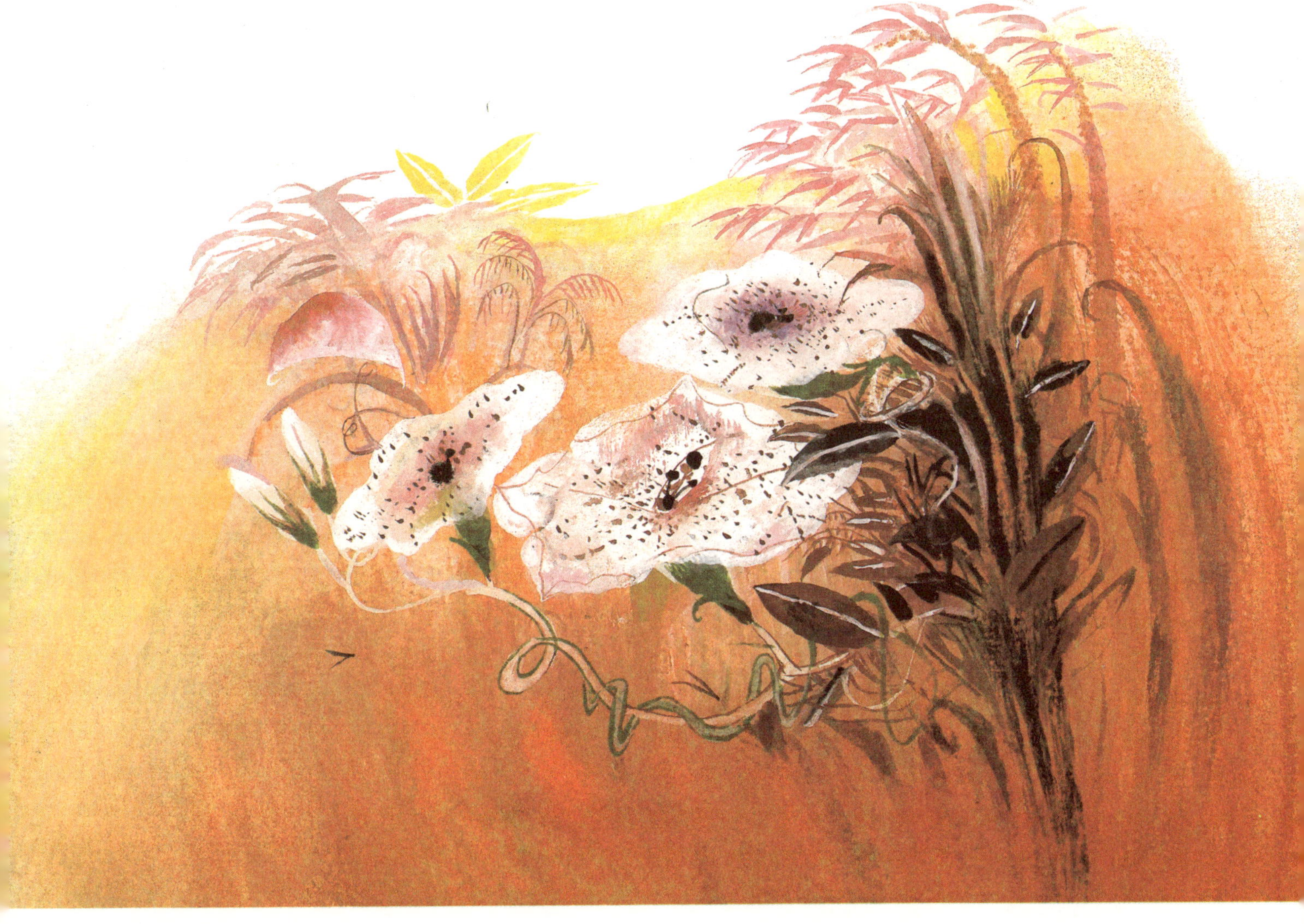

pots tout autour d'eux. Les fleurs aux couleurs chatoyantes attiraient tous les regards. Le choix était difficile, si bien que les clients restaient longtemps à les contempler, puis à passer d'un marchand à l'autre, avant de prendre une décision. Yagoro non plus ne put résister. Il s'arrêta un instant devant un pied de volubilis ployant sous une masse de fleurs roses qui lui plut tout particulièrement, mais se

rappelant les paroles de son maître, il pressa le pas pour rattraper ce bref retard.

Il lui restait à parcourir un bon bout de chemin encore. Le soleil brûlait de plus en plus et la chaleur qui montait le faisait transpirer abondamment. Yagoro s'essuyait le visage avec un mouchoir blanc, passé derrière la ceinture de sa tunique. Il faisait sauter à tout moment sa cargaison de soie qui lui semblait lourde comme s'il transportait des pierres. La gorge sèche, il s'arrêta devant le kiosque d'un marchand de thé. Il but une tasse sans s'asseoir, puis repartit rapidement. Midi approchait. L'air frémissait de chaleur et Yagoro ne tenait plus sur ses jambes. Soudain, il aperçut un arbre qui poussait au bord de la route. Juste à côté, s'élevait un *Jizo* de pierre sculpté, statue iconique dédiée à la protection divine des enfants et des pèlerins. Ces objets très familiers de croyances populaires se trouvent sur toutes les routes du Japon et, généralement, une meute d'enfants s'amuse à proximité, faisant subir des affronts au pauvre *Jizo*. À midi, cependant, tous les petits chenapans avaient déjà regagné leurs maisons. Le silence ambiant et l'ombre fraîche de l'arbre attiraient Yagoro de façon irrésistible.

Le jeune homme fit tomber son fardeau et le déposa aux pieds de la statue. Lui-même s'allongea dans l'herbe, un peu plus loin. C'était un vrai délice, d'autant plus qu'une légère brise se levait par moments. En peu de temps, les yeux de Yagoro commencèrent à se fermer. Il rêva de merveilleux volubilis en fleurs.

Soudain, plongé encore dans un demi-sommeil, il entendit une voix rude qui disait : « Voilà qui est fait ! » Il se réveilla brutalement, sauta sur ses pieds et se précipita vers le *Jizo*, à l'endroit où il avait déposé son fardeau. La statue, à la même place, continuait à considérer le monde de son air bienveillant et un peu étonné, mais la soie avait disparu. À l'emplacement où elle se trouvait un instant auparavant, il n'y avait que l'herbe d'été, couverte de poussière et piétinée.

« Ma vue est troublée à cause de la canicule », se dit Yagoro, complètement affolé.

Il regarda une autre fois autour de lui, écarta des buissons qui poussaient à proximité, courut sur la route, mais la cargaison de soie avait bel et bien disparu, comme si la terre l'avait engloutie.

« Quelle affaire ! Que va dire mon maître ? Se faire voler ainsi, sous ses yeux, la marchandise ! Heureusement qu'il insistait pour que je ne traîne pas en route et ne m'arrête pas en chemin », se lamentait Yagoro en son for intérieur, planté à côté de la route, sans savoir que faire.

Soudain, une idée lui traversa l'esprit : « Je dois aller au tribunal. Là, on me dira ce qu'il faut faire. »

Sans plus tarder, il courut à toutes jambes jusqu'à la Ville du Sud où il trouva Ooka en train de se reposer, un éventail à la main. À bout de souffle, Yagoro raconta au juge ses malheurs. Celui-ci l'écouta attentivement, puis se tourna vers ses employés pour leur ordonner : « Enchaînez la statue et rapportez-la ici ! »

Les subordonnés le regardèrent sans comprendre, aucun ne bougea pour mettre son ordre à exécution.

« Mais c'est une statue de pierre, Excellence », osa protester l'un d'entre eux. « À quoi vous servira-t-elle ? »

« Comme tu es le plus ancien, tu es le mieux placé pour savoir que mes ordres doivent être exécutés tout de suite et sans rechigner », le reprit Ooka. « Mais puisque tu me poses la question, je vais te répondre. Le *Jizo* est censé protéger les enfants, mais aussi les pèlerins. S'il a permis qu'on vole la soie qu'un pauvre avait confié à sa protection, il a manqué à ses devoirs et doit être rappelé à l'ordre comme n'importe qui. Autrement, il n'y aurait plus de justice. »

Sans protester davantage, les employés se munirent de cordes, prirent la charrette de la prison et se dirigèrent vers Meguro où le vol avait eu lieu.

Ils trouvèrent rapidement l'infortuné *Jizo* qu'ils devaient conduire devant le tribunal pour avoir négligé ses devoirs. Ils retroussèrent leurs manches, s'emparèrent des cordes et se mirent à ligoter la statue, ne laissant dépasser que la tête. Avant de charger le *Jizo* de pierre sur la charrette, ils transpirèrent à grosses gouttes. Les gens du voisinage se réunirent bientôt autour d'eux, voulant savoir ce qu'on faisait de leur *Jizo*, mais les employés refusaient d'en parler. « On l'emmène au tribunal », dirent-ils simplement. « Cessez de bayer aux corneilles et dégagez plutôt la route. » Au fur et à mesure que la charrette avançait dans les rues d'Edo, les badauds devenaient de plus en plus nombreux.

« Où l'emmène-t-on ? » demandaient tous ceux qui étaient arrivés après la bataille.

« Au tribunal. »

« Et pourquoi est-il ligoté ? »

« Il doit répondre de ce qu'il a fait. »

« Mais qu'est-ce que tu racontes ? Une statue de pierre ne peut pas parler ! »

« Ooka lui apprendra ! » cria quelqu'un. Tous éclatèrent de rire avant de s'engouffrer dans la cour du tribunal, à la suite de la charrette.

Ils étaient si excités qu'ils ne remarquèrent même pas la présence de Ooka qui entra, escorté par ses gardes. Il prit sa place dans le brouhaha général et cria énergiquement :

« Silence ! Qu'est-ce qui se passe ici ? Où vous croyez-vous ? Vous faites irruption dans la cour et dérangez sans raison le tribunal suprême ! C'est un délit impardonnable. Aussi, vous payerez chacun trois pièces d'or d'amende ! »

Les gens n'en crurent pas leurs oreilles. Trois pièces d'or d'amende ! Où allaient-ils les trouver ? C'étaient, pour la plupart d'entre eux, de pauvres gens – artisans, marchands ambulants et coursiers – vivant à la fortune du pot. Ooka connaissait bien les habitants d'Edo et leur incurable curiosité. Quand un événement se produisait, ils ne voulaient pas en perdre une miette. C'était l'une des rares joies qu'ils avaient dans la vie. Et maintenant, ils devaient payer une amende ? Et en plus, une somme pareille !

« Mais où voulez-vous qu'on prenne trois pièces d'or ? » entendit-on s'exclamer.

Ooka se tut un instant. En reprenant la parole, sa voix avait perdu son ton officiel : « Je sais que vous êtes venus ici par curiosité et sans mauvaise intention. Je comprends que vous trouviez insolite ce qui s'est passé à Meguro. Vous n'avez jamais vu une statue de pierre venir témoigner devant le tribunal. Moi, je suis persuadé que le *Jizo* voudra se faire pardonner d'avoir manqué à son devoir et nous apportera son concours pour capturer le voleur. »

« Mais qu'a-t-on volé ? » demandèrent les gens.

Ooka les remit aussitôt à leur place :

« Ce n'est pas encore le moment d'en parler. Parlons d'abord de votre affaire. Je réduis votre amende de trois pièces d'or à un bout de soie blanche d'un pouce de large et de deux pouces de long. Je vous donne une heure pour me le rapporter, coûte que coûte. Mais auparavant, le greffier va enregistrer vos noms et adresses pour que vous ne changiez pas d'avis. »

Tout le monde poussa un soupir de soulagement. En effet, ils avaient de bien meilleures chances de trouver un morceau de soie à la maison que trois pièces d'or. Sur l'ordre de Ooka, les greffiers enregistrèrent les noms et les adresses de toutes les personnes présentes, avant de les laisser partir.

En peu de temps, les gens revinrent à la queue leu leu avec des morceaux de soie blanche. Ooka et Yagoro se tenaient aux pieds du *Jizo* ligoté et examinaient attentivement les bouts d'étoffe, les uns après les autres.

Soudain, Yagoro murmura à l'oreille du juge, tout bouleversé : « C'est celle-là ! C'est sûrement celle-là ! » Un garde saisit aussitôt par la manche un gaillard qui avait apporté le morceau de soie en question pour l'empêcher de filer. En effet, le voleur était bien loin de supposer qu'il tombait dans un piège. Il voulait savoir comment le *Jizo* de pierre témoignait devant le tribunal, et maintenant, il payait cher sa curiosité.

« Débarrassez la statue de ses liens », ordonna Ooka. « Elle a réparé son erreur, en nous aidant à capturer le voleur. »

Depuis ce jour, les habitants d'Edo ont pris l'habitude de signaler au *Jizo* de Meguro tous les vols inexpliqués et de le ligoter jusqu'à ce qu'on capture le malfrat. Et comme le nombre des voleurs augmente plutôt qu'il ne décroît, le *Jizo* est entouré de cordes en permanence. On l'appelle « la statue ligotée » et celle-ci se trouve aujourd'hui encore à Meguro. Que celui qui ne me croit pas, aille voir par lui-même.

Litige du barbier et du bûcheron

Aujourd'hui, je vais vous raconter comment Ooka résolut le différend entre le barbier Sakubei et le bûcheron Kyutaro. Mais auparavant, je dois vous prévenir que Sakubei était connu dans tout le quartier pour son habitude de s'amuser aux dépens des autres, surtout s'il s'agissait de braves campagnards qui venaient à Edo pour gagner leur pain quotidien.

Un jour, le bûcheron Kyutaro passa avec sa charrette traînée par un taureau devant la boutique du barbier. Il revenait du marché où il se rendait parfois pour vendre du bois. Ce jour-là, les affaires étaient bonnes, et Kyutaro regagnait sa demeure satisfait. En voyant son visage franc et honnête, Sakubei, qui se tenait sur le pas de la porte de sa boutique, décida de lui jouer un mauvais tour, tout en gagnant quelques sous dans l'affaire. Et comme il avait l'habitude d'aller directement aux faits, il interpella tout de suite le bûcheron : « Hé ! Toi, là-bas ! Arrête-toi un peu. Nous devons parler, tous les deux. »

Kyutaro tira sur les rênes et descendit de la charrette.

« Que désirez-vous ? » demanda-t-il.

« Quand tu viendras à la ville la prochaine fois, arrête-toi chez moi. Je t'achèterai ta charrette pleine de bois pour dix pièces en cuivre et en plus, je te raserai ainsi que ton aide », dit le barbier en désignant le jeune gaillard installé sur la charrette.

Sakubei s'attendait à ce que le bûcheron discutât le prix, essayant d'obtenir quelques piécettes en plus, mais le campagnard passa la main sur sa joue râpeuse et consentit : « D'accord. Cela me convient. »

« Affaire conclue », se réjouit Sakubei. « Ne tarde pas trop, cependant. Ma réserve de bois de chauffe s'amenuise. »

Kyutaro se contenta d'acquiescer. Depuis son plus jeune âge, il vivait dans une cabane perdue au fond des bois, de sorte qu'il n'était pas habitué à entamer des conversations sans fin avec des gens de la ville. Et il tint parole. Quelques jours plus tard, il se présenta avec sa charrette pleine de bois sec, tirée par son taureau. Le barbier sortit rapidement de sa boutique et lui paya sans discuter les dix pièces de cuivre promises.

« Où dois-je décharger le bois ? » s'enquit Kyutaro.

« À quoi bon le décharger ? » demanda Sakubei, feignant l'étonnement. « Laisse-le donc ici même, détele seulement ton animal pour l'emmener. »

« Comment cela ? » s'étonna le bûcheron. « Je dois décharger la cargaison de bois pour pouvoir repartir avec ma charrette. »

« Ce serait trop simple. » Le barbier hocha la tête. « Il était bien convenu que je t'achèterais une charrette pleine de bois et tu étais d'accord, n'est-ce pas ? »

« Oui, mais… »

« Alors, tu vois, il n'y a pas de mais ! La charrette et le bois m'appartiennent, c'est une affaire réglée. Il ne me reste plus qu'à te raser et après, tu pourras passer ton chemin ! »

« Vous ne pouvez pas parler sérieusement, monsieur Sakubei ! » protesta timidement le bûcheron.

« Détrompe-toi, je suis tout ce qu'il y a de plus sérieux. Et dépêche-toi un peu, je n'ai pas de temps à perdre avec des hommes de ton espèce. »

« Que vais-je devenir sans ma charrette ? » se lamentait le bûcheron. « Je n'aurai jamais assez d'argent pour m'en acheter une autre. L'existence de toute ma famille en dépend tandis que vous, monsieur Sakubei, elle ne vous servira à rien ! »

« Ceci est mon affaire ! Fais seulement ce que je te demande ! »

En désespoir de cause, le bûcheron fit appel aux clients du barbier qui assistaient à la scène : « Mais braves gens, vous voyez que ce n'est pas possible ! Dites quelque chose ! »

L'un des clients ne voulut pas intervenir et se contenta de sourire, amusé. Le second eut apparemment pitié du malheureux :

« À quoi te servira la charrette, Sakubei ? À transporter ta mousse à raser ? » fit-il en essayant de tourner l'affaire en plaisanterie. « Kyutaro ne peut pas s'en passer. Tu devrais avoir honte. »

Un autre client, gras et bien vêtu, ajouta :

« Et pourquoi Sakubei ne devrait-il pas garder la charrette? À mon sens, elle lui revient de droit. Une charrette pleine de bois est une charrette pleine de bois. Il faut être malin quand on se lance dans les affaires. Si on ne l'est pas, on s'abstient. »

« Mais ce n'est pas possible ! Pour vous, toutes les occasions sont bonnes pour nous voler ! » cria un homme efflanqué qui tenait un enfant par la main. Ce dernier, effrayé, se mit à pleurer.

« Que se passe-t-il ici ? » Les voix des gardiens de la paix se firent soudain entendre. « Va-t'en avec ta charrette, tu gênes la circulation », dit brutalement l'un d'entre eux, s'en prenant au bûcheron.

« Je voudrais bien, mais monsieur Sakubei veut me la prendre », se défendit Kyutaro.

« Comment, te la prendre ? » cria Sakubei, et sa voix s'éleva d'indignation. « C'est lui qui est responsable. Il ne veut pas respecter notre contrat. La charrette m'appartient ! »

« Nous n'avons pas le temps d'en discuter avec vous », l'arrêta le chef des gardes. « Si vous n'arrivez pas à vous mettre d'accord, on vous conduira au tribunal. » « Pourquoi pas », consentit aussitôt le barbier. « Prends donc tes affaires et allons-y ! » ordonna-t-il au bûcheron épouvanté.

À la seule évocation du tribunal, Kyutaro se mit à trembler comme une feuille, sans pour autant oser protester.

Sakubei renvoya les clients, ferma la boutique et – en route ! Quand ils finirent par arriver devant le bâtiment officiel avec la charrette, le barbier s'y engouffra, avec l'assurance du maître des lieux. Il lui arrivait de se rendre à cet endroit pour raser les fonctionnaires et les employés. Kyutaro, quant à lui, regardait timidement autour de lui. C'était la première fois qu'il pénétrait dans ces lieux et tout lui faisait peur. Il était sur le point de tirer le barbier par la manche pour lui annoncer qu'il lui cédait sa charrette, lorsqu'un homme qui marchait à ses côtés lui dit à l'oreille : « Surtout, ne crains rien. Si tu es dans ton droit, Ooka ne te fera rien. »

Kyutaro regarda l'inconnu avec gratitude. Son exhortation lui redonna courage pour présenter sa querelle avec le barbier.

« Qu'est-ce qui vous amène ? » demanda Ooka en considérant d'un œil curieux ce couple insolite, composé d'un paysan à la peau tannée par le vent et d'un barbier gros et gras.

« Excellence, ce lourdaud, sorti tout droit de je ne sais quel village perdu, a l'insolence de vouloir m'escroquer, moi, citoyen de l'illustre ville d'Edo », prit d'office la parole le barbier, en désignant le bûcheron.

« Que te réclame-t-il ? » voulut savoir le magistrat.

« Une charrette, Monsieur le juge », répondit le barbier avec volubilité. « Mais permettez, Excellence, que je vous expose les faits par ordre. » Il reprit son souffle et se mit à raconter : « Il y a quelques jours, Kyutaro ici présent passait devant la porte de ma boutique. Nous sommes convenus que je lui achèterais une charrette pleine de bois pour dix pièces de cuivre et qu'en plus, je lui ferais la barbe, ainsi qu'à son aide. »

« En attendant, tu ne l'as pas rasé », observa Ooka sèchement.

Le bûcheron baissa la tête, très embarrassé, comme si la réflexion s'adressait à lui.

« Est-ce qu'il m'en a seulement donné l'occasion, Excellence ? » Le barbier ne se laissa pas démonter. « Cela fait une demi-journée que j'essaie de lui faire entendre raison au sujet de cette charrette. Il ne veut me la laisser pour rien au monde, alors que c'est ce qu'il a été convenu. Je lui ai dit bien clairement que je voulais la lui acheter, ainsi que sa cargaison de bois. Cela tombe sous le sens que je ne lui aurais pas proposé dix pièces de cuivre pour quelques malheureuses bûches. Mais lui, il soutient qu'il ne me doit que le bois, sans la charrette ! »

« Comment ferais-je pour transporter mon bois jusqu'à la ville ? » se lança Kyutaro sans s'adresser poliment au magistrat comme le demandait la courtoisie la plus élémentaire. « Je dois nourrir mes huit enfants, ma femme et ma vieille mère. »

« Le problème n'est pas là », l'arrêta Ooka. « Un accord est un accord et il doit être respecté. Que deviendrions-nous si tout le monde n'en faisait qu'à sa tête ? Donc, je reprends : toi, barbier Sakubei, tu as commandé au bûcheron Kyutaro ici présent une charrette pleine de bois, en lui promettant de lui payer dix pièces de cuivre et de lui faire la barbe, à lui et à son assistant. Est-ce bien cela ? »

« Oui, c'est la vérité, Excellence ! » acquiesça le barbier avec empressement.

« Oui, c'est la vérité », admit Kyutaro, ne pouvant pas faire autrement.

« As-tu payé la somme convenue, Sakubei ? » demanda le juge.

« Oui, dès qu'il m'a livré le bois, Monsieur le juge. *Moi* », déclara-t-il en se frappant la poitrine « je règle toujours mes dettes et honore mes engagements, au lieu d'essayer de m'y dérober, comme d'autres. » En disant cela, le barbier jeta un regard appuyé au bûcheron.

« As-tu reçu de Sakubei dix pièces de cuivre pour une charrette pleine de bois ? » demanda Ooka au bûcheron.

« Oui, je les ai sur moi », répondit Kyutaro, en esquissant un geste vers sa ceinture.

« La première condition de votre accord a donc été remplie », conclut Ooka pour clore cette partie d'enquête. « Et maintenant, Sakubei, il ne te reste plus qu'à raser Kyutaro et son aide. »

« Mais très volontiers », acquiesça le barbier avec empressement, en s'inclinant obséquieusement, comme s'il avait affaire à son meilleur client. « Autant s'y mettre tout de suite. Approche, Kyutaro ! »

« Kyutaro supportera encore un peu sa barbe », intervint Ooka. « Rase d'abord son aide. »

« C'est malheureusement impossible, alors que je l'aurais fait avec grand plaisir.

143

Kyutaro est venu aujourd'hui sans son aide », jubila le barbier.

« Et qui l'a aidé à traîner sa charrette ? » demanda Ooka innocemment.

« Mais le taureau, Excellence. C'est évident ! » fit Sakubei, marquant sa surprise.

« De quoi t'étonnes-tu ? » le reprit le juge. « C'est donc le taureau qui est l'aide de Kyutaro. Quand tu l'auras rasé, il ne te restera plus qu'à t'occuper de la barbe de son maître. C'est à cette condition seulement que tu auras le bois et la charrette, pas avant », décréta Ooka sur un ton qui ne souffrait pas la contradiction.

« Raser un taureau ? Excusez-moi, Excellence, de ma vie je n'ai entendu une chose pareille », se défendit le barbier, mais sa superbe l'avait quitté.

« Et moi, de ma vie je n'ai entendu dire qu'en achetant du bois, on exige la charrette en sus », répliqua Ooka. « Si tu ne veux pas perdre ta cause, fais ce que je t'ordonne. Tu raseras le taureau ici même, dans la cour du tribunal pour que tout le monde puisse assister à ta prestation et l'apprécier à sa juste valeur. »

Sakubei n'osa plus contester. Il manda son apprenti chercher ses outils et réfléchit entre-temps à la façon dont il fallait s'y prendre pour raser un taureau.

La nouvelle de l'événement se répandit comme une traînée de poudre dans la ville et les spectateurs affluaient de toutes parts dans la cour du tribunal.

Kyutaro détela l'animal et lui tapota amicalement la tête comme s'il voulait le préparer à ce qui allait suivre. Mais déjà l'apprenti revenait avec la panoplie du barbier. Sakubei retrouva son aplomb. L'air très sûr de lui, il traitait le taureau comme un client ordinaire. Il versa un peu d'eau chaude dans une coupelle, prit le blaireau et voulut commencer sa besogne. Hélas ! Il leva le bras pour appliquer de la mousse sur le mufle de l'animal. Mais celui-ci ne l'entendit pas de cette oreille. Fou furieux, il souleva l'infortuné barbier avec ses cornes et le jeta à terre. Celui-ci ne voulut pas se laisser faire. Il sauta sur ses pieds, ramassa son attirail pour se livrer à une seconde tentative. Mal lui en prit ! Le taureau essuya avec lui la plus grande flaque d'eau, dernier vestige de l'averse de la nuit. C'était à mourir de rire, vous pouvez me croire. Le tribunal était sens dessus dessous et les curieux remplissaient les fenêtres des environs. En voyant le taureau maltraiter le barbier, les gens riaient à gorge déployée.

Sakubei refit encore deux tentatives, mais le taureau riposta avec une telle fougue qu'il dut s'avouer vaincu. Il ordonna à son apprenti de rassembler ses effets, éparpillés dans les quatre coins de la cour et se traîna devant Ooka.

« Eh bien, as-tu rempli ton contrat en faisant la barbe de l'aide ? » demanda celui-ci avec son plus grand sérieux alors qu'il avait du mal à réprimer le sourire qui affleurait irrésistiblement sur ses lèvres.

« Il ne s'est pas laissé faire, Excellence », constata Sakubei d'une voix mourante, tenant sa main plaquée contre sa joue toute rouge.

« Ne veux-tu pas essayer une dernière

fois ? » suggéra Ooka. « Nous avons tout notre temps. Je ne voudrais pas que tu te plaignes de ce que l'injustice règne à ma cour. »

« Pour rien au monde, Excellence. Cette maudite bête… », Sakubei se reprit, « je veux dire l'aide de Kyutaro m'a secoué à me faire rendre l'âme. Je ne veux plus en entendre parler. »

« Tu l'as bien cherché. Désormais, tu y réfléchiras à deux fois avant de faire des plaisanteries de mauvais goût ou d'avoir la moindre intention de duper un homme aussi brave et honnête que Kyutaro. Pour le dédommager, tu dois le raser ! »

« Ce serait avec plaisir, Monsieur le juge, mais le taureau m'a maltraité au point que je ne peux pas bouger et mes mains tremblent. »

« Dans ce cas, donne-lui la somme nécessaire pour qu'il puisse se faire raser chez l'un de tes confrères ! »

Ce fut le coup de grâce que le magistrat assena à l'arrogance de Sakubei. Mais que pouvait-il faire ? Bon gré mal gré, il débours l'argent demandé et le tendit à Kyutaro. Celui-ci l'ajouta aux dix pièces de cuivre rangées dans sa ceinture, remercia Ooka et repartit, satisfait, chez lui.

Un charme contre les pertes de mémoire

Il arriva au temps de Ooka qu'une femme nommée Chiko vivait avec son époux à Shinagawa, village situé au bord de la mer, près d'Edo. Les époux possédaient quelques lopins de terre et bien que le destin ne leur avait pas accordé d'enfant, ils se trouvaient bien ensemble et vivaient heureux. Un jour, le mari tomba malade et, rapidement, il devint manifeste que son mal était sans remède. Le moribond prenait difficilement congé de ce monde, sachant qu'il y laissait son épouse seule et sans protection.

Après le décès de son mari, Chiko resta longtemps à errer comme une âme en peine. Son premier chagrin passé, elle vit que les rizières qu'elle était restée à cultiver pendant de longues années avec tant d'amour avec son époux, étaient envahies par des herbes folles. Elle dut se rendre à l'évidence et se faire à l'idée que les forces lui manquaient pour s'occuper seule de la propriété qui se dégradait à vue d'œil.

Aussi, prit-elle la décision de vendre tout ce qu'elle possédait et d'investir l'argent dans l'achat d'une petite boutique en ville pour assurer ses vieux jours. En peu de temps, elle trouva un acquéreur sérieux, disposé à lui payer cinq cents pièces d'or, pour sa maison et pour ses terres. La veuve accepta son offre et l'affaire fut menée rondement.

Chiko quittait sa vieille demeure la mort dans l'âme, mais il n'y avait pas d'autre solution. Elle emporta en souvenir des années heureuses un réchaud qui lui servait à préparer le thé. Ils l'avaient acheté ensemble peu de temps après leur mariage. C'était un bel objet. Des fleurs en nacre qui ornaient ses parois extérieures, plus belles que nature, brillaient de reflets irisés. En emportant son réchaud, Chiko pleurait à chaudes larmes, affligée par son infortune. Bon gré mal gré, elle finit par accepter sa solitude. Provisoirement, elle loua une petite chambre à proximité du pont Nihonbashi et se consola en imaginant la future boutique qui allait lui occuper l'esprit.

Un beau matin – c'était en automne où les jours sont beaux et clairs –, Chiko revêtit son kimono des grandes occasions, prit ses cinq cents pièces d'or et se rendit chez l'usurier Chogoro pour lui demander conseil sur un éventuel investissement. Comme elle venait d'arriver en ville, elle ignorait que Chogoro était réputé pour sa ruse. Il ne laissait passer aucune occasion de gagner de l'argent et savait extirper leurs derniers deniers aux plus démunis, même au prix de leur vie. En somme, quand il s'agissait d'argent, Chogoro devenait impitoyable.

En voyant Chiko, ses yeux brillèrent comme ceux d'un fauve face à une proie sans défense. Discrètement, il se frotta les mains et reçut la veuve avec des paroles mielleuses qui lui gagnèrent sa confiance.

De fil en aiguille, Chiko confia à l'usurier toute sa fortune. Celui-ci s'engagea à lui trouver un beau fonds de commerce et lui demanda de ne pas se faire de souci pour son argent qui ne pouvait tomber en de meilleures mains.

« Toutefois, tu dois te montrer patiente. Une affaire pareille ne se réalise pas du jour au lendemain », pérorait-il. « À la première occasion, je t'appellerai. »

Abasourdie par son éloquence, la veuve oublia totalement de lui réclamer un reçu pour son argent. Elle rentra chez elle, rassurée et heureuse à l'idée qu'elle allait avoir bientôt sa propre affaire. Il ne lui restait qu'à attendre des nouvelles de l'usurier. Les jours passèrent. L'automne céda la place à l'hiver, puis vint le printemps, avec les premières fleurs de cerisier. Chiko estima qu'elle avait assez attendu. Elle revêtit à nouveau son beau kimono et alla frapper à la porte de l'usurier. Cette fois, Chogoro ne la reçut pas avec de belles paroles et ne se confondit pas en politesses. Tout au contraire, il fit mine de ne pas la reconnaître.

« Je suis la veuve Chiko qui vous a confié au neuvième mois de l'an passé une somme de cinq cents pièces d'or », fit-elle en lui remettant les faits en mémoire.

« Tu es folle, ma parole ! » riposta l'usurier avec brutalité. « Je ne t'ai jamais vue, par conséquence, je n'ai pas pu recevoir ton argent. Tu as perdu la raison, c'est évident. »

« Mais rappelez-vous, monsieur Chogoro », le supplia la veuve. « Vous m'avez promis de m'acheter une boutique avec mon argent et de m'appeler à la première occasion ! »

« D'accord », acquiesça l'usurier. « L'un de nous deux ment, l'autre dit la vérité. C'est clair comme le jour. Montre-moi le reçu ! »

La veuve se figea sur place, car elle n'avait point de reçu.

« Vous ne m'en avez pas donné », fit-elle à la fin.

« À d'autres ! » lui rit au nez l'homme. « Est-ce que tu m'aurais confié une somme pareille sans reçu ? Personne ne serait assez fou pour faire cela. »

« Je pensais que… » La pauvre femme se mit à pleurer.

« Ne pleure pas », se radoucit l'usurier. « Dès que j'aurai un peu de temps, je consulterai mes livres et te ferai savoir ce qu'il en est. »

La veuve s'apaisa. Elle rentra chez elle, attendit cinq jours, puis cinq jours encore, mais Chogoro ne donnait pas signe de vie. De guerre lasse, elle se rendit à nouveau chez lui. Cette fois, l'usurier répondit à peine à son salut et fit semblant d'être débordé de travail.

« Ah, c'est encore toi », fit-il, daignant enfin lever le nez de ses livres de comptes pour lui adresser la parole. « Tu m'as fait perdre plusieurs jours. J'ai passé au peigne fin tous mes registres, vérifié tous les dépôts, sans trouver trace de tes pièces d'or. »

« Mais ce n'est pas possible, monsieur Chogoro. Vous avez dû vous tromper. Regardez encore une fois », supplia la veuve.

Chogoro fit semblant de s'indigner : « Maintenant, j'en ai vraiment assez ! Je suis un homme intègre qui jouit de la meilleure réputation parmi ses clients. Je te répète que je n'ai pas reçu ton argent en dépôt ! »

« Mais il s'agit de toute ma fortune », se lamenta la veuve. « Je suis seule au monde. Comment ferai-je pour assurer mes vieux jours ? »

« Ce n'est pas mon affaire. Va-t'en et ne reviens plus m'importuner ! » cria l'usurier.

Comme elle hésitait, il appela ses domestiques pour la faire jeter dans la rue. Chiko finit par comprendre qu'elle avait affaire à un escroc bien décidé à lui voler son argent. Elle prit la résolution de ne pas se laisser faire. Le lendemain, elle revint à la charge, mais tomba sur une porte fermée. Elle eut beau frapper, l'usurier n'ouvrit pas.

Triste et préoccupée, Chiko ne put fermer l'œil de la nuit. Qu'allait-il advenir d'elle ? Réduite à la mendicité par la ruse de Chogoro, elle dut chercher du travail. Comme elle n'était plus très jeune, elle ne trouva qu'une place de servante dans une maison de riches où on lui mena la vie dure. Elle travaillait depuis le lever du soleil jusqu'à la nuit tombée, sans entendre une parole aimable. En plus, la haine qu'elle nourrissait pour Chogoro l'empêchait de manger et de dormir, de sorte qu'elle finit par en tomber malade et se faire mettre à la porte par ses patrons.

Dès lors, elle vécut à la fortune du pot, assurant sa subsistance par des courses et de menus services. Elle dépérissait à vue d'œil.

En revanche, les affaires de l'usurier allaient pour le mieux. "Les gens malhonnêtes dorment du sommeil des justes", dit un vieil adage qui se confirmait entièrement dans le cas présent.

Après dix années passées dans la misère, Chiko, qui ne tenait plus à la vie, prit la résolution de se venger de Chogoro, coûte que coûte. Un jour, ses yeux se posèrent sur son unique souvenir qui avait connu des temps meilleurs, son réchaud orné de fleurs en nacre. Il lui donna l'idée de mettre le feu à la demeure de l'homme responsable de son malheur. À la nuit tombée, elle ranima les braises de charbon de bois qui se mirent à briller d'une vive lueur, lui évitant d'emporter une lanterne pour s'éclairer en chemin. Chiko s'introduisit avec précaution par l'entrée de service dans le jardin de Chogoro et se dirigea vers la véranda en bois où elle avait l'intention de déverser ses charbons ardents. Au dernier moment, elle se ravisa, en se disant que l'usurier avait peut-être des enfants et une vieille mère qui pourraient périr dans les flammes. Pendant qu'elle était là à peser le pour et le contre, elle entendit un léger bruit tout près de l'endroit où elle se tenait. Le sang de la malheureuse se figea dans ses veines. L'idée que quelqu'un venait lui traversa l'esprit et elle se mit à courir à toutes jambes, oubliant sur place son réchaud. Une rafale de vent arracha quelques étincelles aux braises pour les répandre sur une natte de paille qui commença à se consumer. Heureusement, le veilleur de nuit qui faisait sa ronde s'en aperçut, éteignant à temps le début d'incendie. Chogoro ne manqua pas de porter à la police le réchaud incrusté de nacre.

On découvrit rapidement qu'il appartenait à Chiko, la désignant en même temps comme l'incendiaire. La pauvre veuve avait beau se justifier, en racontant comment l'usurier l'avait dépouillée de tous ses biens, la réduisant sur ses vieux jours à la misère noire, alors que lui-même vivait dans l'opulence et continuait à escroquer impunément des clients crédules. Ses efforts s'avérèrent vains, on la jeta en prison.

La sentence fut impitoyable : pour avoir tenté de mettre le feu à la maison de l'usurier, la veuve était passible de la peine capitale : la mort sur un bûcher.

« Pauvre Chiko », disaient les gens. « Il n'y a pas de justice en ce bas monde. Une honnête femme qui ne ferait de mal à personne va mourir, alors que personne n'arrive à confondre ce voyou de Chogoro. Son tour viendra. Espérons que ce jour est proche ! »

Ooka avait entendu parler de la vie irréprochable de la veuve ainsi que de la mauvaise réputation de l'usurier. Après avoir confronté plusieurs témoignages, il comprit brusquement que Chiko disait la vérité et que c'était bien l'usurier qui l'avait poussée au crime par sa malhonnêteté. Hélas, Ooka n'avait pas le pouvoir de modifier la sentence, mais obtint qu'on l'ajournât. Le triste sort de Chiko lui ôtait le sommeil. Il n'arrivait pas à oublier l'expression de triomphe qui était apparue sur le visage de l'usurier au moment où on amenait la pauvre femme enchaînée pour la mettre au cachot.

« Je vais tout de même le mettre sur la sellette », décida le juge et il ordonna qu'on lui amenât Chogoro sur-le-champ.

Bien entendu, l'usurier n'était pas enchanté à l'idée de comparaître devant le magistrat. Aussi traînait-il en chemin, comme s'il avait les deux jambes entravées.

« Je t'ai convoqué pour t'interroger dans l'affaire de la veuve Chiko », annonça le juge. « Tu n'ignores pas qu'elle va mourir d'une mort horrible. La sentence a déjà été prononcée. Toutefois, je veux avoir la certitude que tous les points ont été bien éclaircis et vérifier, par la même occasion, si sa déclaration au sujet des cinq cents pièces d'or qu'elle t'aurait confiées il y a des années, est vraie. Je te demande donc de dire toute la vérité à ce propos. Étais-tu en affaires avec Chiko, oui ou non ? »

Chogoro se figea sur place, mais parvint à dissimuler son émoi.

« Je ne me souviens pas, Excellence », mentit-il effrontément.

« Il est en effet possible que tu l'aies oublié. Je ne peux pas exiger de toi que tu gardes à l'esprit toutes tes affaires », lui concéda Ooka. « Essaie tout de même de te souvenir. Si tu n'y arrives pas, je connais un charme infaillible contre les pertes de mémoire. »

« Quel charme ? » s'enquit Chogoro avec un mauvais pressentiment.

« Tu le sauras bientôt », sourit Ooka de façon énigmatique. « Mes camarades me l'ont appris au temps de ma jeunesse, à l'époque où j'ignorais que j'allais devenir juge à Edo. »

« Je n'en ai jamais entendu parler. De quoi peut-il bien s'agir ? » voulut savoir Chogoro.

« Ne sois pas impatient, tu le sauras plus vite que tu ne le crois », dit Ooka pour freiner sa curiosité avant de lui ordonner : « Lève les pouces de tes deux mains et applique-les l'un contre l'autre. » L'usurier s'exécuta et le magistrat poursuivit :

« Parfait. Tu t'en sors bien. Et maintenant, je vais attacher tes pouces avec une bande de papier de riz. De cette façon, tu vois ? Et le tour est joué. Pourquoi fronces-tu les sourcils ? Je ne te fais pas mal. Accorde-moi encore le temps d'y apposer mon sceau pour que j'aie la certitude que tu n'as pas déchiré le papier. Si tu le fais, le charme sera rompu. Maintenant, rentre chez toi. Quand l'affaire de Chiko va te revenir en mémoire, fais-le-moi savoir. »

L'usurier s'inclina bien bas et partit sans plus attendre, ravi de s'en être sorti à si bon compte. Mais à peine était-il sorti du tribunal qu'il constata que les choses n'étaient pas aussi simples. Les gens le montraient du doigt et se retournaient sur son passage. Chogoro essaya de dissimuler ses mains dans les larges manches de son kimono et se sauva. Parfois, il se faisait bousculer et plus d'une fois, il faillit tomber. En fin de compte, il arriva chez lui, indemne. À la grande surprise des domestiques, il ne s'installa pas dans la grande pièce du devant pour vérifier ses comptes, mais se retira dans la chambre la plus reculée de l'appartement, donnant l'ordre de ne recevoir personne. Seule son épouse sut ce qui lui était arrivé. Certes, elle le consolait de son mieux, mais sans pouvoir pour autant délier ses pouces.

À l'heure du repas, elle dut le nourrir comme un bébé, car comme vous pouvez l'imaginer, il n'arrivait pas à manger seul. Le pire l'attendait le soir où il dut se coucher avec ses vêtements de la journée, sales et pleins de poussière. Le lendemain, Chogoro se leva aux aurores pour se rendre au tribunal.

« Tu es bien matinal, Chogoro. » Ooka le reçut avec un beau sourire. Visiblement, le magistrat était d'excellente humeur. « As-tu bien dormi ? Mais… que t'arrive-t-il ? Tu as l'air malheureux. Le charme a-t-il agi ? »

« Pas le moins du monde, Excellence », déclara l'usurier d'une voix peu sûre. « J'ai beau me creuser la tête, je ne me rappelle rien. À mon avis, le charme ne sera pas assez puissant pour ma pauvre tête défaillante. Ayez la bonté de délier mes pouces. »

« Cher Chogoro, c'est une chose que je ne peux pas faire. Si je n'applique pas mes propres décisions, je deviendrai la risée de toute la ville. Rentre gentiment chez toi et continue à fouiller dans ta mémoire. Tu parviendras à te rappeler, ce n'est qu'une question de temps ! »

L'usurier, qui étouffait de colère, gardait cependant le silence devant le juge. Il s'inclina poliment et rentra chez lui, la tête basse, les pouces toujours attachés.

Il était prêt à tout endurer, même le fait de ne pas pouvoir manier son chasse-mouches. En revanche, il se faisait du souci pour ses affaires qui restaient au point mort. Il se repentait alors de ne pas avoir embauché un comptable dont il n'avait pas voulu auparavant, à cause du salaire qu'il aurait fallu lui verser et de la surveillance qu'un assistant aurait pu exercer sur ses manigances. Il ne pouvait pas se servir du pinceau pour rédiger des lettres de relance à ses débiteurs ni de son cher boulier pour compter les pièces d'or qui venaient grossir sa fortune.

Au bout de ces quelques jours où il mit à l'épreuve l'efficacité du charme de Ooka, Chogoro devint méconnaissable. Amaigri et pâle comme la mort, il faisait pitié à sa femme qui essayait de le raisonner : « À quoi cela t'avance-t-il de te tourmenter ainsi ? Va donc voir Ooka pour tout avouer. Il ne te fera rien. Tout au plus, il te réclamera les cinq cents pièces d'or en guise d'amende que tu as refusé de rendre à Chiko. Pour toi, c'est une somme dérisoire. Tu es assez riche pour te le permettre. »

Mais l'usurier souffrait mille douleurs à l'idée de devoir restituer la somme qu'il tenait solidement dans ses griffes.

« Non ! Pour rien au monde ! » grinça-t-il en arpentant la pièce et tenant ses pouces attachés devant lui.

Sa femme dut adopter une autre stratégie pour le faire fléchir :

« Imagine seulement l'argent que tu perds avec les affaires qui ne se font pas. Apparemment, Ooka est capable de te laisser ainsi jusqu'à ta mort. Tu vois bien qu'il ne plaisante pas ! »

« J'aime autant mourir plutôt que de rendre de mon plein gré cinq cents pièces d'or », décréta l'usurier, hors de lui. À cause de ses pouces liés, il ne put même pas se soulager en tapant la table de son poing. En plus, il avait peur de parler fort pour ne pas être entendu des domestiques qui, de toute façon, flairaient déjà quelque chose. Sa femme lui avait appris qu'ils n'arrêtaient pas de chuchoter, ricaner entre eux et montrer la chambre où Chogoro s'était cloîtré.

« Maudite existence ! C'est le diable en personne qui nous a envoyé Ooka à Edo ! Pourquoi n'est-il pas resté à Yamada ? » fulminait-il.

Chogoro tint pendant trois jours avec les pouces liés par la fine bande de papier de riz, portant le sceau du juge. Le quatrième jour, il se leva au petit matin pour aller, une fois de plus, au tribunal.

« Ô Excellence, notre juge plein de sagesse », commença-t-il obséquieusement. « Depuis le jour où vous avez daigné prendre la décision d'éprouver sur moi le charme contre les pertes de mémoire et de m'attacher les pouces, je n'ai rien fait d'autre que de me creuser la tête nuit et jour pour essayer de me souvenir de toute cette histoire. Mais ma pauvre vieille tête ne vaut plus rien : je n'arrive pas à me rappeler ! Aussi, ai-je décidé de procéder autrement. Je me suis installé devant mes livres de comptes. Ma femme tournait les pages pendant que je vérifiais tous les enregistrements les uns après les autres. Figurez-vous, Excellence, que j'ai fini par découvrir une vieille mention qui datait d'il y a dix ans et qui signalait un dépôt de cinq cents pièces d'or. Elle ne précisait pas le nom de la personne qui m'a remis cette somme, mais il est tout à fait possible qu'il s'agisse de Chiko. J'ai voulu me frapper le front, mais comme vous pouvez le constater, je n'ai pas pu, à cause de mes pouces attachés », débita l'usurier d'un seul trait avant de pousser un soupir de soulagement.

« Tu vois », hocha la tête le magistrat, « je t'avais bien dit que c'était un charme efficace. Si un jour tu éprouves encore le besoin d'aider ta mémoire… »

« Non, non, Excellence ! À partir d'aujourd'hui, mon amnésie est définitivement guérie, du moment que vous délierez mes pouces ! »

« Bien entendu, désormais rien ne s'oppose à ce qu'ils soient détachés », déclara Ooka, et il déchira la bande de papier.

L'usurier écarta rapidement ses doigts, comme s'il pensait ne pas pouvoir y arriver. Il aurait sauté de joie comme un enfant, mais il se retint.

Ooka fit convoquer sur-le-champ Chiko et les témoins.

« Tu avoues donc », fit-il en s'adressant à Chogoro, « que la veuve Chiko t'a bien confié la somme de cinq cents pièces d'or ? »

« J'avoue, j'avoue », acquiesça l'usurier avec empressement. « Je suis prêt à les restituer… »

« Es-tu conscient du préjudice que tu as porté à la pauvre veuve et sais-tu que tu t'es rendu coupable d'un abus de confiance ? »

« Je m'en rends compte, Excellence. »

« Quel est le taux d'intérêt que tu réclames à tes clients ? » s'enquit le magistrat.

Pris au dépourvu par cette question, le vieil avare regarda le juge avec stupéfaction. « Cela dépend, Excellence. Il peut être élevé, comme il peut être très bas », fit-il, en tergiversant pour éluder la réponse exacte.

« Il demande dix pour cent par an », s'éleva une voix dans l'assistance.

« Dix pour cent ? Cela correspond à cinquante pièces d'or par an et cinq cents au bout de dix ans. La dette majorée des intérêts fait donc mille pièces d'or. Tu vas rembourser cette somme à Chiko. »

En entendant la sentence, Chogoro eut l'impression qu'on lui brisait les os sous la torture.

« Honorable Monsieur le juge, ayez pitié de moi ! » cria-t-il au comble du désespoir. « Si je devais payer une telle somme d'un seul coup, j'en serais réduit à la mendicité. »

« Tiens, qui l'aurait cru ! » commenta le juge sévèrement. « Tu as certainement amassé une belle fortune, ne serait-ce que grâce aux intérêts que tu appliques ! Il faudra que tu rembourses cet argent. Mais attends, nous allons peut-être trouver un arrangement. »

Ooka se tourna vers Chiko : « Quel âge as-tu ? »

« Cinquante-cinq ans », répondit la veuve.

« Cinquante-cinq ans », répéta le juge, songeur. Au bout d'un certain temps de réflexion, il reprit : « Voici donc mon verdict : Chogoro, ici présent, paiera à la veuve Chiko sur-le-champ cinquante pièces d'or en guise d'amende pour avoir détourné la somme d'argent qu'elle lui avait confiée. Par la suite, il va rembourser sa dette à raison de vingt-cinq pièces d'or par an, et cela pendant quarante ans. Pendant cette période, l'affaire reste ouverte conformément aux lois en vigueur dans notre pays, et l'exécution de la peine capitale, prononcée à l'encontre de la veuve Chiko, doit donc être ajournée. »

Ainsi, Ooka réussit à sauver la veuve d'une mort barbare et à infliger une sévère leçon à Chogoro et ses semblables, en leur faisant comprendre clairement que tant qu'il serait juge à Edo, personne ne pourrait se faire voler impunément.

La sagesse de Ooka

Rien n'est plus instable que les faveurs des puissants de ce monde. De nombreuses personnalités qui vivaient à la cour shogunale en firent l'expérience. Un jour elles se chauffaient au soleil de la gloire pour se retrouver, le lendemain, précipitées à cause d'une peccadille dans le gouffre de la disgrâce et de l'oubli. Seul Ooka semblait échapper à cette loi. Le shogun, maître guerrier du pays, lui prodiguait ses faveurs avec la même constance pendant toute la durée de son mandat à Edo et maintes fois, il fit appel à lui pour le consulter dans les affaires compliquées.

« Comment t'y prends-tu pour maintenir ta position aussi solide ? » demandèrent ses amis au magistrat d'Edo, venus chez lui pour goûter au célèbre mets automnal, la chair fine et recherchée du crabe d'Hokkaido. « Peux-tu nous l'apprendre afin que nous puissions corriger notre attitude ou souhaites-tu emporter ton secret dans la tombe ? »

« Je n'ai aucun secret », répondit Ooka. « D'ailleurs, je ne vois pas pourquoi je garderais pour moi seul une recette qui pourrait servir à tout le monde. »

« À quoi cela est-il dû alors ? Peux-tu nous l'expliquer ? »

« Bien entendu, très volontiers, mais patientez encore un peu. Terminons notre repas et donnons aux domestiques le temps de faire coulisser la porte afin de jouir du spectacle de la pleine lune. »

La volonté de Ooka fut promptement exécutée et un jardin, baigné de la lueur argentée de la lune, s'offrit aux regards admiratifs des convives. On croyait depuis toujours qu'un lapin blanc vivait sur la lune et qu'il pétrissait dans un mortier la pâte de riz. À cet instant, tous crurent voir la silhouette de l'animal mythique se dessiner sur le disque lunaire. Captivés par le spectacle saisissant, ils ne remarquèrent même pas la servante qui s'introduisit silencieusement dans la pièce pour servir le thé.

« Quelle nuit splendide ! » fit l'un des invités, brisant le silence. « Il est difficile de concevoir un cadre plus digne pour la leçon que tu vas nous donner, ami Ooka. »

« Je ne sais si je vais être à la hauteur de vos espérances », répondit le juge en s'installant plus confortablement.

« Commence donc, nous mourons tous d'impatience », intervint l'homme d'un certain âge, assis sur la natte à côté de Ooka.

« Je n'avais pas l'intention de mettre votre patience à l'épreuve, mais vous faire savourer l'image de *Tsuki-Yomi*, le dieu de la Lune. Mais il est temps de commencer. » Ooka toussota et but une gorgée de thé. « J'espère que vous ne m'en voudrez pas si je vous pose une question. »

« Que va-t-il nous demander ? » s'interrogèrent tous les convives en leur for intérieur. « Quelque chose de difficile, probablement. Il voudra vérifier si nous connaissons les règles du protocole de la cour shogunale. »

« Consentez-vous à me répondre ? »

« Oui, oui », fusèrent des cris.

« Voici donc ma première question : mangez-vous du riz tous les jours ? »

« Certainement ! Qui ne mangerait pas de riz ! » répondirent les invités, amusés et étonnés qu'on les interroge à propos d'une pareille évidence.

« Pouvez-vous me décrire la saveur du riz ? »

« La saveur du riz ? » répéta l'homme vêtu d'un kimono noir, orné sur le devant de deux signes blancs, symboles de sa famille. Il réfléchit, puis décréta au bout d'un instant : « Il n'a pas de saveur particulière. Au demeurant, la saveur en l'occurrence importe peu. Le riz chasse la faim et cale l'estomac, voilà ce qui compte ! »

« Je suis tout à fait d'accord avec toi », répondit Ooka. « On pourrait difficilement trouver une réponse plus pertinente. Voici une autre question : aimez-vous les gâteaux à la pâte de haricots et les friandises qu'on achète dans les pâtisseries réputées d'Edo ? »

« Bien sûr qu'on les aime ! » rirent les amis de Ooka tout en se lançant des regards amusés. « Rien qu'à y penser, cela nous met l'eau à la bouche. »

« Je n'en suis nullement surpris. Certains fondent littéralement sous la langue. Mais dans ce cas, pourquoi n'en mangez-vous pas à la place du riz qui, selon vos propres dires ne se distingue pas par une saveur particulière et sert tout juste à remplir le ventre ? »

« A-t-on idée de se casser la tête avec des inepties pareilles ? » se disaient tous les convives au fond d'eux-mêmes. Toutefois, ils se gardaient bien de formuler tout haut cette pensée, avant de savoir où Ooka voulait en venir.

« La chose me paraît évidente », fit l'un d'entre eux se décidant enfin à exprimer son sentiment. « On dit qu'il y a deux choses au monde dont on ne se lasse jamais : la beauté d'un clair de lune – nous venons d'en avoir la confirmation – et la saveur d'un riz bien cuit. Manger des sucreries tous les jours ? On en serait vite dégoûté ! »

162

« C'est exactement cela », approuva Ooka en souriant. « Vous avez trouvé vous-mêmes la réponse à la question initiale. »

Personne ne comprenait ce que Ooka voulait dire. Au début, ils voulurent savoir comment il s'y prenait pour conserver la grâce du shogun, alors que les autres dignitaires tremblaient pour leurs têtes pour un petit mot de travers. Et voilà que Ooka s'acharnait à leur parler du riz et des sucreries comme s'il y avait un rapport quelconque !

« Ce que nous venons de dire est plus étroitement lié à votre question que vous ne voulez l'admettre », expliqua Ooka comme s'il lisait dans leurs pensées. « Vous savez parfaitement vous-mêmes ô combien nombreux sont les arrivistes et les hypocrites qui gravitent autour de sa majesté pour l'abreuver du matin au soir de leurs propos doucereux. Il est donc naturel que le shogun s'en lasse très vite. Contrairement à ces individus, je préfère la vérité. Elle est toute simple, et on peut l'entendre tout le temps sans en être dégoûté. En cela, elle ressemble au riz. Voici tout mon secret », déclara Ooka, avant d'ajouter : « Je sens la fraîcheur de la nuit qui envahit la pièce. Il est temps pour nous de nous séparer. »

Sincèrement admiratifs, les invités s'inclinèrent devant leur amphitryon et regagnèrent leurs demeures. Ils gardèrent toujours en mémoire ce que Ooka avait voulu leur apprendre ce fameux soir en en faisant par la suite un excellent usage.

Un palanquin beaucoup trop cher

Un jour, vers midi, deux hommes en colère se présentèrent devant le tribunal. On voyait, de toute évidence, que le premier était un riche bourgeois. On apprit par la suite qu'il s'appelait Tokubei et possédait un magasin de porcelaine dans la rue de Ginza, l'une des artères les plus animées de la ville. L'autre portait une tunique de travail et ses mains étaient noircies par la poussière de charbon. C'était Yotaro qui avait passé toute sa vie à fabriquer du charbon de bois dans les forêts, au sud d'Edo. Les deux hommes exigeaient qu'on les autorisât à rencontrer Ooka sur-le-champ.

« Pourquoi une telle hâte ? Votre dispute ne s'envolera pas », les calmait le concierge, avant de se rendre chez le magistrat pour lui demander s'il pouvait les recevoir. Ooka y consentit.

« Qu'est-ce qui vous amène ? » demanda-t-il selon son habitude.

Le charbonnier s'apprêtait à commencer à parler, mais Tokubei le devança :

« Je n'ai rien fait ! J'ai agi conformément à la loi ! »

« J'aimerais connaître cette loi ! » s'esclaffa le charbonnier. « Tu l'as probablement inventée de toutes pièces. »

Ils se mirent à parler tous les deux en même temps tant et si bien qu'il n'y avait pas moyen de les faire taire. Ooka les écouta pendant un moment, mais il avait beau faire des efforts, il ne comprit pas un traître mot de leur dispute. Pour les faire revenir à la réalité, il frappa de son éventail une petite table basse, posée devant lui.

« En voilà assez ! Vous ne parlerez qu'à tour de rôle et lorsque vous y serez invités, sinon je vous punirai tous les deux. À toi de m'exposer tes doléances », décida Ooka en donnant la parole au charbonnier.

« Je vous demande mille fois pardon », s'inclina le charbonnier, « mais même vous, Excellence, vous n'avez certainement jamais entendu une chose pareille. Le ciel et la terre se mettraient sens dessus dessous, si on devait tolérer une telle vilenie. Et lui qui a l'audace d'affirmer qu'il agissait selon la loi. Je ne suis qu'un pauvre homme sans instruction, mais… »

« De quoi s'agit-il ? » s'impatienta Ooka. « Finiras-tu par me le dire ? »

« Je vais vous l'expliquer tout de suite, Monsieur le juge, dès que je serai un peu remis de mes émotions. » Le charbonnier reprit son souffle et se mit à raconter : « Ce matin, je me suis levé de bonne heure, avant l'aube. J'étais sur le point d'allumer le feu pour me réchauffer et pour faire du thé lorsque j'ai entendu une plainte. Je dois rêver, me suis-je dit alors et j'ai continué à vaquer à mes occupations. Mais figurez-vous, Excellence, ces plaintes et gémissements reprirent de plus belle. J'aurais parié qu'il s'agissait d'un homme. Mais comment un être humain aurait-il pu venir s'égarer à cet endroit où il n'y avait pas âme qui vive hormis moi et ma vieille épouse qui, à cette heure, dormait encore à poings fermés ? J'ai décidé d'aller voir de plus près. Et quelle ne fut pas ma surprise de… »

Le charbonnier essuya la sueur qui perlait sur son front et regarda Ooka pour savoir s'il fallait qu'il continue son récit.

« Continue sans crainte », l'encouragea le juge qui écoutait attentivement pour ne pas en perdre un mot.

« …de découvrir un petit vieux fragile comme un oisillon, assis à même le sol. Vous n'allez pas me croire, Excellence, mais je jure que c'est la vérité. Au début, ce pauvre vieux ne voulait rien me dire, et je le comprends : il mourait de honte ! Mais par la suite, il m'a confié en pleurant que son propre fils Tokubei, oui, celui-ci qui se tient devant vous » – et le charbonnier montra son adversaire –, « l'a conduit au fin fond de la forêt pour l'abandonner à son destin. »

Tokubei se mit à gesticuler, mais lorsqu'il ouvrit la bouche pour interrompre le charbonnier, Ooka l'arrêta : « C'est Yotaro qui a la parole. »

« Je n'en croyais pas mes oreilles, mais c'était la vérité », racontait le charbonnier au comble de l'excitation. « Je ne pouvais pas laisser faire ça. Où en arriverait-on si les enfants se débarrassaient des parents qui leur ont tout sacrifié ? J'ai chargé le grand-père sur la charrette pour le ramener chez lui. Je sais, Monsieur le juge, que vous allez résoudre cette affaire avec justice, en punissant le fils dénaturé. Et ne m'en veuillez pas de vous avoir dérangé. »

« As-tu terminé ? » s'enquit Ooka.

« Oui, Excellence », acquiesça l'homme respectueusement.

« J'ajouterai simplement que de ma vie qui dure depuis plus de six fois dix années, je n'ai vu chose plus cruelle. »

« À toi de parler, Tokubei », déclara Ooka, « mais auparavant, je vais te poser une question. »

Prêt à dresser l'inventaire des preuves de son innocence, Tokubei considéra Ooka, interloqué.

« As-tu un fils ? » demanda le magistrat.

Tokubei acquiesça en silence.

« Va le chercher tout de suite », ordonna le juge. « En attendant ton retour, je déclare l'audience levée. »

En peu de temps, le commerçant revint avec un adolescent robuste, âgé de quinze ans environ. Le gamin regardait autour de lui avec curiosité, sans une trace de timidité suscitée par le cadre inhabituel. Il fallut que son père le pousse pour qu'il s'agenouille devant le juge et touche le sol de son front.

« Tu as la parole, Tokubei. Dis ce que tu as à dire », fit le juge.

« Avec votre permission, j'attends cette occasion avec impatience », pérorait Tokubei. « Je ne nie pas les faits, car je n'ai rien à craindre, ayant agi conformément à la loi. »

« Tiens-toi à l'essentiel », le reprit Ooka.

« J'y arrive, Honorable seigneur juge. C'est vrai que j'ai conduit mon père dans un endroit isolé de la forêt et je ne suis ni le premier ni le dernier à agir ainsi. Quoi de plus normal ? Mon père est vieux et bon à rien. Il y a un an encore, tout allait bien. Il abattait un gros travail dans le magasin qu'il m'a légué par la suite. On pouvait même lui confier les enfants à garder. Mais maintenant ? Il ne sert plus à rien, il ne fait que manger le riz des autres. Et puis ? N'avons-nous pas une loi qui décharge la famille de toute responsabilité des membres devenus inutiles ? Par conséquent, j'ai agi selon mon bon droit et je ne peux pas être puni. Yotaro prend ses désirs pour la réalité. Vous, Excellence, vous êtes connu pour être le juge le plus équitable de tous les temps. Je suis donc persuadé que vous ne me condamnerez pas. »

« Je n'en ai aucune raison », l'assura Ooka. « Tout au contraire. Comme tu prétends agir selon la loi, je t'incite à amener ton père dans la forêt, au même endroit où tu l'as conduit hier. »

« Je savais, Excellence, que je pouvais compter sur votre compréhension », exhulta Tokubei, dévisageant le charbonnier d'un air triomphant. Ce dernier, en revanche, se croyait en proie aux hallucinations.

« Avec les temps qui courent, personne ne peut se permettre de nourrir une bouche inutile », se répandait Tokubei en explications. « Les affaires sont mauvaises et le prix du riz augmente de jour en jour. »

« Attends, je n'ai pas terminé », l'interrompit Ooka. « Avant de te laisser repartir, tu dois t'engager à remplir une condition. »

« Quelle condition ? » s'étonna Tokubei.

« Tu feras porter ton père dans la forêt dans un palanquin en bois laqué noir, spécialement conçu à cet usage et garni de coussins de soie moelleux pour éviter que le vieillard ne souffre des aléas de la route. »

« Mais, Monsieur le juge, connaissez-vous le prix d'un tel palanquin ? Je ne peux pas me le permettre ! » protesta Tokubei. « Pourquoi ne pourrais-je pas le conduire en charrette comme la dernière fois ? »

« Non, pas question ! » répondit Ooka avec autorité. « Je comprends qu'une telle dépense t'effraie, mais dans une famille comme la tienne, un tel palanquin peut servir encore aux générations futures. Ton fils sera bien content de l'utiliser quand tu seras vieux et impotent. »

« Combien de temps me faudra-t-il encore attendre, Excellence, avant de pouvoir installer mon père dans le palanquin ? » s'enquit le fils de Tokubei, faisant preuve d'une grande présence d'esprit. À ce moment, il prit un air égoïste qui fit de lui le portrait de son père.

« Qu'est-ce qui te prend, petit insolent ? » cria Tokubei, s'emportant violemment contre son héritier. Il s'apprêtait à le corriger sur-le-champ, mais se retint en remarquant que le magistrat l'observait d'un air narquois. Embarrassé, il se gratta derrière l'oreille, réfléchit, puis bredouilla : « En pesant le pour et le contre, Excellence, il me semble bien inutile de dépenser une telle somme pour un palanquin. J'arriverai bien à nourrir mon vieux père. Au fond, ma situation n'est pas si mauvaise. Avec votre permission, je le garderai à la maison et en prendrai soin de mon mieux. »

« C'est à toi de décider », consentit Ooka. « Je t'y autorise très volontiers. Quant à toi, Yotaro, je te remercie de t'être montré attentif au sort d'un vieillard. Si, un jour, tu as besoin de quelque chose, viens me voir en toute confiance. »

Sur ces paroles, l'affaire fut close. Yotaro retourna dans la forêt pour y fabriquer son charbon de bois et Tokubei dans sa boutique de porcelaine. Il tint sa promesse. Il entoura son père de soins attentifs et fit de son mieux pour réparer sa faute. Son fils suivit son exemple et toute sa famille vécut heureuse pendant de longues années encore.

Le saule témoin

Un jour, en arrivant tôt le matin au tribunal, Ooka trouva son assistant Yamaguchi qui venait tout juste de prendre ses fonctions, en train d'étudier des documents d'un air préoccupé. Le jeune homme était tellement absorbé par sa tâche qu'il ne remarqua pas l'arrivée de son supérieur. Quand Ooka lui demanda ce qu'il étudiait avec tant d'acharnement, Yamaguchi sauta sur ses pieds et se confondit en excuses pour son impolitesse et son manque d'attention.

« Dis-moi plutôt de quoi il s'agit. Peut-être pourrais-je t'aider ? » lui suggéra le juge.

« Je suis en train de préparer une affaire que vous allez instruire aujourd'hui même, Excellence, et dont je n'arrive pas à bout. Nous ne disposons d'aucune preuve. C'est un cas sans solution. »

« Vraiment ? » s'étonna Ooka. « Cela m'intrigue. Laisse-la-moi, je vais consulter les documents moi-même. »

Ooka emporta les papiers dans sa salle de travail. Il les disposa sur la table et se mit à les lire avec une extrême attention. Au début, il fronçait les sourcils et hochait la tête, perplexe, mais en tournant la dernière page, son visage s'éclaira d'un sourire. « Je vais tout de même arriver à confondre cet individu ! » se dit-il.

À partir de cet instant, Ooka commença à s'impatienter, tellement il avait hâte de confondre le malfrat. Il appela le greffier : « Yamaguchi, je m'en vais dans la salle d'audience. Fais venir Tarobei. »

« Tout de suite, Excellence. Il se présentera sans tarder, car il attend depuis l'aube. »

À peine Ooka prit-il place sur son siège officiel que Tarobei était déjà à genoux devant lui, la tête baissée avec respect. Il portait une tunique en toile, un pantalon foncé étroit et des sandales en paille tressée. D'emblée, on se rendait compte qu'on avait affaire à un paysan.

« Est-ce que tu t'appelles Tarobei ? » demanda le juge, posant sa première question.

« Oui, seigneur », répondit le paysan en relevant la tête. Son visage hâlé ne ressemblait en rien à celui d'un citadin qu'on identifiait au contraire à son teint clair, protégé du vent et du soleil.

« D'où viens-tu ? »

« De Odawara, sur la route des montagnes Hakone. »

« Présente-moi ta plainte. »

« L'année dernière, au début de l'été, au moment où on arrachait les mauvaises herbes dans les rizières, j'ai prêté trois ryo à un homme nommé Jirokichi qui ne me les a pas rendus jusqu'à présent. »

« Où cela s'est-il passé ? »

« Où ? Mais vous ne connaissez pas l'endroit, Excellence ! » répondit le paysan avec candeur tout en regardant Ooka.

« Ne t'occupe pas de cela et décris-moi ces lieux de ton mieux. »

« Hum, ce sera difficile », estima Tarobei en se grattant derrière l'oreille. « Je ne sais pas comment vous l'expliquer. C'était un chemin ordinaire qui traversait des champs de riz verdoyants. Le riz

172

commençait à faire des épis, la récolte s'annonçait excellente, un vrai plaisir. Pourvu qu'une catastrophe ne vienne pas tout gâcher, me suis-je dit alors. »

« Étais-tu en train d'arracher des mauvaises herbes ou de sarcler ? » voulut savoir Ooka.

« Non. C'était le jour du marché dans la petite ville voisine. On y avait organisé une loterie, et c'est pour cela que j'y suis allé. J'ai bien acheté un billet de loterie et figurez-vous, Monsieur le juge, qu'il était gagnant ! » fit Tarobei en souriant à ce souvenir.

« Combien as-tu gagné ? »

« Les trois ryo en question. Je les ai enveloppés dans un mouchoir et je me suis dépêché pour rentrer chez moi au plus vite.

« Mais en chemin, tu as rencontré Jirokichi et tu lui as prêté ces trois ryo. C'est bien cela ? » Ooka continua son interrogatoire.

« Oui, exactement. Comment faites-vous pour tout savoir, Seigneur ? » s'étonna le paysan, plein d'admiration.

« Comment ce Jirokichi est venu jusque-là ? »

« Je n'en sais rien », fit Tarobei, en hochant la tête, perplexe. « Je me souviens seulement qu'il se tenait derrière moi au marché, qu'il m'a vu prendre le billet et empocher l'argent. Après, il a disparu pour réapparaître sur le chemin qui traversait les champs et que j'ai emprunté pour rentrer chez moi. »

« Lui as-tu parlé ou c'est lui qui t'a adressé la parole ? » voulut savoir le juge.

« Pourquoi voulez-vous que je lui parle, Monsieur le juge ? Je ne le connaissais même pas. »

« Cela signifie que c'est lui qui t'a abordé. »

« Oui. Il m'a dit : "Tiens, tu viens de gagner trois ryo et c'est exactement la somme dont j'ai besoin." Et ensuite…» Le paysan s'interrompit.

« Mais continue donc ! »

« Ensuite, il m'a demandé de les lui prêter, en me promettant de me rembourser à la fin de l'été, après la Fête de la Lune. Mais tout cela, c'étaient des promesses en l'air, Excellence », soupira Tarobei. « La Fête de la Lune est passée, l'automne a commencé, puis vint le Nouvel An et le printemps, mais Jirokichi ne donnait pas signe de vie. À l'approche de la Fête des Garçons, je suis allé dans son village et, je vous prie de me croire, cela fait un bon bout de chemin en partant de chez nous. J'ai voulu qu'il me rembourse, mais il m'a dit qu'il ne me devait rien, que je n'étais qu'un insolent et que je devais disparaître au plus vite. Vous imaginez alors ma colère, et c'est pour cette raison que je suis venu vous présenter ma plainte. » « Bien, Tarobei. Pour l'instant, j'en sais assez. Qu'on fasse entrer Jirokichi », ordonna Ooka à un employé.

Jirokichi se présenta aussitôt. Il portait un *yukata* en coton gris pâle, serré à la taille avec une ceinture en tissu foncé. Ses cheveux attachés formaient un chignon sur la nuque.

« De quoi vis-tu ? » demanda Ooka.

« Je possède quelques champs, Monsieur le juge, mais mon épicerie est ma principale source de revenus. Sans elle, je ne serais qu'un misérable, comme ces paysans que l'on voit dans les campagnes », pérorait Jirokichi.

« Bien, ne nous éloignons pas du sujet », dit Ooka, arrêtant le flot de son éloquence. « À ce qu'on m'a dit, tu as emprunté de l'argent à Tarobei ici présent, il y a longtemps déjà. Tu ne l'as toujours pas remboursé, alors que le délai est largement dépassé. »

« Mais, Monsieur le juge, comment voulez-vous que je rembourse ce que je n'ai jamais emprunté ? » protesta Jirokichi.

« T'a-t-il emprunté trois ryo, oui ou non, Tarobei ? » demanda le juge au paysan.

« Oui, sur le chemin des champs qui relie notre village à la ville voisine, comme je vous l'ai déjà dit », répondit Tarobei, étouffant d'indignation.

« Quelle audace ! » s'indigna l'épicier à son tour. « Je ne lui ai jamais emprunté de l'argent et je ne sais pas à quel endroit il fait allusion. Je n'y ai jamais mis les pieds ! »

« Est-ce que tu as un reçu, Tarobei ? » voulut savoir Ooka.

« Un reçu ? » Le paysan considéra le juge avec stupéfaction. « Mais on se trouvait au milieu des champs. Comment aurait-on fait pour rédiger un reçu ? À vrai dire, l'idée de lui en demander un ne m'a même pas effleuré l'esprit. Il a bien plus d'argent que moi, alors je pensais qu'il allait me rembourser rapidement. »

« Alors, vous voyez ! » exhulta Jirokichi. « Il n'a même pas de reçu. Personne au monde ne prêterait de l'argent simplement de main en main, sans demander de justificatif. Il ment ! »

« Je mens, moi ? » bondit Tarobei. « Le ciel est témoin que je dis la vérité. »

« Ce genre de témoin ne te sert à rien », remarqua Ooka sèchement. « Est-ce que tu n'en aurais pas un autre ? Y avait-il quelqu'un à part vous deux ? »

« Non. D'où viendrait-il ? Tout le monde était au marché. »

« Quelle végétation poussait dans les environs ? »

« Hum… du riz qu'on a récolté en automne. »

« Rien d'autre ? »

« Il faut que je réfléchisse. » Tarobei fronça les sourcils.

« Ça y est ! Je me rappelle ! » s'écria-t-il tout d'un coup. « Il y avait un saule bien vert, aux rameaux longs, et il y est aujourd'hui encore. »

« Un saule dis-tu ? Ce n'est pas un témoin idéal, mais faute de mieux, on s'en contentera. Vas-y et amène-le au tribunal

176

le plus vite possible », ordonna Ooka au paysan.

Tarobei n'en crut pas ses oreilles : « Quoi ? Je dois amener le saule ici ? »

« Tu as bien entendu. Mais dépêche-toi pour ne pas perdre de temps inutilement. »

Bon gré mal gré, Tarobei se mit en route alors que Jirokichi riait sous cape. Un saule ne peut pas parler, et un témoin qui ne parle pas, ne sert à rien. Cela le conforta dans l'idée que Ooka n'était pas près de le confondre. En attendant le retour de Tarobei, Ooka dit :

« Écoute, Jirokichi, si tu allais à la rencontre de Tarobei pour l'aider avec le saule ? »

« L'endroit où il pousse est bien loin d'ici, Monsieur le juge. Tarobei n'a pas pu arriver jusque-là en si peu de temps. »

Ooka regarda l'homme avec sévérité :

« Ainsi, tu sais où pousse le saule ? Il y a un instant, tu affirmais que de ta vie tu n'y avais jamais mis les pieds ! Alors, qu'en est-il exactement ? »

« Pour tout vous dire, Monsieur le juge », commença à tergiverser Jirokichi.

« C'est exactement ce que je te demande : toute la vérité », l'interrompit Ooka. « As-tu rencontré Tarobei près de ce saule, oui ou non ? »

« En fait, oui, j'y étais, mais… » Arrivé à ce stade des explications, Jirokichi ne sut comment continuer.

« Si on constate en présence du témoin, qui ne va pas tarder à se présenter, que tu mens, non seulement tu vas payer ce que tu dois à Tarobei, mais en plus tu seras poursuivi pour avoir induit la justice en erreur. C'est un délit grave, alors réfléchis bien ! Tarobei est sûrement déjà sur le chemin du retour. »

« En pesant le pour et le contre, trois ryo ne me tueront pas », soupira l'épicier d'un air résigné.

« Tu avoues donc les avoir empruntés à Tarobei sur le chemin des rizières, sous le saule qui a été témoin de votre transaction ? »

« Oui, j'avoue », dit Jirokichi en frappant le sol de son front, son arrogance ayant disparu comme par enchantement.

Lorsque Tarobei revint cahin-caha avec le saule chargé sur une charrette, le témoin insolite ne servait plus à rien. Jirokichi remboursa son emprunt avec les intérêts.

Ainsi s'acheva cette affaire qui fit bien vite le tour des îles du Japon.

Ooka et les voleurs

À l'époque où l'affaire des voleurs eut lieu, Ooka exerçait depuis de nombreuses années à Edo, comme juge suprême et administrateur de la cité. Il faisait beaucoup de bien pour ses habitants qui lui vouaient une reconnaissance éternelle. Cependant, comme il arrive souvent, même cet homme juste et populaire avait des ennemis. Il s'agissait des envieux qui voyaient d'un mauvais œil les faveurs exceptionnelles par lesquelles le shogun distinguait Ooka. Aussi réfléchissaient-ils jour et nuit sur la façon de ternir la réputation du magistrat auprès du seigneur suprême. Bientôt, une occasion se présenta.

Les voleurs d'Edo la leur fournirent. Il s'agissait de voleurs à la tire et ils étaient, au sein de la population, une source de désagrément permanente. Jour et nuit, ils se faufilaient dans les rues et les ruelles de la ville pour se livrer à leur besogne, aux dépens des honnêtes gens. Comme ils connaissaient leur métier « sur le bout des doigts », rares étaient ceux qui se faisaient prendre la main dans le sac. Ils avaient même fondé leur propre guilde, et quand les événements prenaient une mauvaise tournure, ils se serraient les coudes, ne révélant jamais les secrets de leurs compagnons. Ainsi, il était très difficile de les confondre.

Les adversaires de Ooka voulurent profiter de la situation. Lorsque l'un d'entre eux se fit détrousser par un malfrat anonyme qui eut, en plus, l'audace de lui renvoyer la bourse vide, accompagnée d'un billet narquois, il confia à ses amis : « Tout le monde chante les louanges de notre magistrat. Il paraît que c'est le meilleur que nous ayons jamais eu. Et, comme si cela ne suffisait pas, il se pique de pouvoir résoudre toutes les affaires. C'est peut-être vrai, mais pour l'instant, il n'a pas réussi à nous débarrasser des voleurs.

Pourtant, pour un homme de son espèce cela devrait être un jeu d'enfant ! »

Après mûre réflexion, les ennemis de Ooka décidèrent d'adresser une plainte au shogun contre les voleurs et les conditions de vie inadmissibles dans la ville, pour en rejeter toute la responsabilité sur Ooka. Sitôt dit, sitôt fait. Ils envoyèrent une supplique, rédigée en ces termes :

« MAJESTÉ,

Edo, la ville la plus grande et la plus illustre de notre pays est devenue le lieu de rendez-vous des voleurs. Personne n'est à l'abri de leur arrogance qui ne connaît pas de limites. Ils sont capables de tout et se moquent totalement des autorités locales.

Nous vous prions donc respectueusement, Majesté, de bien vouloir donner l'ordre de faire dissoudre la guilde des voleurs et de charger le juge Ooka, responsable de l'ordre dans la cité, de mettre fin à ces intolérables agissements.

Avec notre respect le plus profond,
Vos loyaux sujets. »

Les ennemis de Ooka déposèrent leur supplique, présentée selon les règles, au bureau shogunal. Ils savaient très bien qu'une plainte de cette nature était loin d'être anodine. Aussi, glissèrent-ils pour plus de sécurité une bourse pleine de pièces sonnantes et trébuchantes au responsable du bureau pour l'inciter à transmettre effectivement le pli au shogun et à veiller au rapide déroulement de l'affaire. Ils espéraient, au fond de leur âme, que Ooka ne pourrait pas venir à bout de ce problème ardu, et leurs espérances étaient justifiées.

Après avoir lu la supplique de ses loyaux sujets qui avaient préféré garder l'anonymat, le shogun fronça les sourcils : « À quoi servent les administrateurs municipaux, si les habitants de la ville doivent s'adresser à moi pour de telles questions ? »

Pour dire toute la vérité, le shogun ne visitait jamais son bon peuple et ignorait donc tout de la vie dans sa capitale. Ainsi, il ne pouvait pas savoir que battre les voleurs sur leur terrain n'était pas une chose facile.

« Convoquez Ooka ! » ordonna-t-il.

Lorsque le magistrat arriva, le shogun lui tendit la plainte au sujet des voleurs à la tire.

« Est-ce vrai ? » demanda-t-il, agacé, après que Ooka eût achevé la lecture.

« Oui, Majesté », répondit le juge sans se démonter.

L'un des conseillers du shogun, adversaire de Ooka, profita de l'occasion pour ajouter :

« L'une des raisons, Majesté, de ces excès, est que des châtiments trop indulgents sont réservés aux voleurs. Si on les mettait au pilori ou sur la roue pour les faire parler… »

« Quelle est ton opinion là-dessus ? » demanda le shogun à Ooka.

« Si je devais torturer et faire exécuter tous ceux qui ont fait main basse sur quelques pièces de cuivre, la ville d'Edo se dépeuplerait rapidement », répliqua Ooka sans une seconde d'hésitation, puis ajouta en souriant : « Le tour de ceux qui se croient hors de soupçon viendrait aussi, car celui qui prend des pots-de-vin est un voleur comme un autre. »

Le haut fonctionnaire assis à côté de Ooka remua nerveusement et voulut demander la parole, mais le shogun l'arrêta pour poursuivre sa conversation avec le magistrat :

« Que proposes-tu alors ? »

« Majesté, je vous prie de me conserver votre faveur », déclara Ooka, devinant d'après le ton de la voix du shogun que les événements prenaient une mauvaise tournure. « Je réglerai cette question à votre entière satisfaction. Je m'engage à en finir rapidement avec les voleurs à la tire et à punir sévèrement ceux qui le méritent vraiment. »

« Entendu, mais sache que si tu n'y parviens pas, c'est toi qui seras décapité à leur place », décréta le shogun, indiquant d'un geste de la main que l'audience était terminée.

Ce jour-là, Ooka n'alla plus au tribunal, mais rentra directement chez lui. Dès qu'il franchit le pas de la porte, tout le monde comprit qu'il ne souhaitait pas être dérangé. Il prit un bain et, vêtu d'un kimono léger, s'installa sur la véranda d'où il pouvait contempler le jardin. Une fois seul, il mesura pleinement la gravité de la situation. Sachant qu'il valait mieux éviter d'attiser la colère du shogun, il resta longtemps assis à agiter son éventail, les sourcils froncés, le front plissé. Au bout d'un moment, il se leva pour faire un tour dans le jardin. Au passage, il enlevait machinalement des fleurs fanées ou des rameaux secs, l'air toujours aussi préoccupé. La vue d'un pin nain d'Hokkaido planté dans une coupelle en céramique ovale réussit enfin à le dérider. C'était son bonsaï préféré, arbre miniature que son père déjà avait cultivé bien avant lui et qu'il lui avait transmis comme un précieux héritage. Il ne se passait pas de jour sans que Ooka ne lui accordât ne serait-ce qu'un moment de soins attentifs. Le petit pin lui évoqua l'image d'un torrent de montagne courant au fond d'une vallée et achevant sa course en une chute d'eau vertigineuse. Sur les flancs escarpés du défilé s'agrippait, bravant les vents, un pin tordu, semblable en tous points à celui de Ooka.

À cet instant, le juge oublia ses tracas. Il lui semblait que tout ce qu'il avait à faire était écouter le chant des oiseaux et contempler les rayons du soleil danser capricieusement dans les rapides. Il se leva pour prendre des ciseaux minuscules et se mettre à tailler les aiguilles du pin, là où elles étaient trop touffues. Ce faisant, il s'interrogeait sur les mesures à prendre dans le cas des voleurs d'Edo. Le temps pressait. Le shogun ne pouvait pas être plus explicite sur le sort qui l'attendait en cas d'échec.

Plongé dans ses pensées, le magistrat déposa les ciseaux et s'engagea à pas mesurés sur un sentier pavé de pierres plates de différentes tailles. Arrivé au tournant du chemin où se trouvait un luminaire de jardin, il s'arrêta brusquement et se frappa le front :

« Ça y est, j'ai trouvé ! »

Il revint à toute allure sur ses pas et appela : « Naosuke ! Fais préparer le palanquin ! Je vais me rendre au tribunal. »

Le vieux serviteur courut à toutes jambes jusqu'à la loge où les porteurs se reposaient en buvant du thé. En entendant l'ordre de leur maître, ils se levèrent d'un bond et coururent dans la cour afin que tout fût prêt à temps. À peine eurent-ils allumé les bougies dans les lanternes, car la nuit tombait déjà, que Ooka, vêtu de sa robe officielle, vint prendre place dans le palanquin. Des cris stridents : « Dégagez la route ! Dégagez la route ! » retentirent, et le palanquin s'engagea dans les ruelles bondées d'Edo où les porteurs manœuvrèrent habilement. En peu de temps, Ooka pénétra dans le bâtiment officiel du tribunal de la Ville du Sud pour regagner sans tarder son bureau.

Aussitôt, on l'entendit dicter un avis à la population au greffier dont le pinceau dansait littéralement sur le papier pour enregistrer en belle calligraphie les paroles du juge.

« Veille à ce que cet avis soit affiché dans toute la ville avant demain matin, dernier délai ! » ordonna Ooka.

Le lendemain matin, les curieux s'agglutinaient à tous les coins de rue pour lire un avis à la population comme ils n'en avaient encore jamais lu. À cette époque, les ordonnances et décrets officiels pleuvaient sur la cité, l'administration trouvant sans cesse des raisons d'imposer quelque chose à la population. Qu'avait-il donc de si insolite, ce document muni d'un grand sceau rouge ? Jugez par vous-mêmes :

« Avis à tous les voleurs à la tire d'Edo !

Le bureau de l'illustre shogun Yoshimune, qu'il vive encore dix mille ans !, a appris que les membres de la guilde des voleurs à la tire qui exercent leur métier dans la ville, ne payent pas leurs impôts comme tous les artisans qui se respectent.

Aussi a-t-il été décidé que les voleurs souhaitant continuer à exercer leur profession dans notre ville doivent se munir d'une autorisation, qu'ils soient maîtres, compagnons ou simples apprentis. Pour l'obtenir, ils seront taxés de trois pièces de cuivre. Les porteurs de cette autorisation auront le droit d'exercer leur métier en toute liberté, sans encourir de châtiment d'aucune sorte, même pris sur le fait.

Celui, toutefois, qui essayera de voler les respectables et honnêtes citoyens d'Edo sans s'être muni préalablement de ladite autorisation, sera décapité sur-le-champ sans autre forme de procès, afin de servir d'exemple à tous ceux qui voudraient l'imiter.

Pour obtenir cette autorisation, les membres de la guilde des voleurs, munis de la somme de trois pièces de cuivre, devront se présenter au tribunal le sixième jour du mois prochain, à l'heure du Cheval.

La méconnaissance du présent avis ne constitue pas une excuse.

Ooka Tadasuke, Grand juge »

Après avoir pris connaissance de ce document, les habitants d'Edo ne surent que penser. « Nous sommes tombés bien bas ! » s'indignaient certains en jetant des regards furtifs tout autour pour vérifier que personne n'était en train de les épier. « Messieurs les voleurs à la tire auront l'autorisation officielle de nous détrousser impunément ! »

« Il ne manquait plus que cela, avec toutes les taxes et tous les impôts que nous payons déjà », se lamentaient d'autres.

« Et nous, imbéciles, qui croyions Ooka juste ! » se plaignit amèrement le maître teinturier qui sortit de son atelier pour apprendre le contenu de l'ordonnance.

« Ooka a dû accepter des pots-de-vin de la part d'un protecteur influent de ces maudits voleurs. J'ai toujours pensé qu'on ne pouvait pas faire confiance à ces grands seigneurs ! » marmonnait un marchand de sandales en bois.

« Au voleur ! Au voleur ! » entendit-on crier dans la foule. « Ma bourse a disparu et avec elle, tout l'argent que j'ai gagné aujourd'hui ! »

La victime, maître charpentier vêtu de la tunique courte des artisans, écarta brusquement la foule et courut derrière le voleur qui s'était enfui depuis déjà bien longtemps.

Jusqu'au soir, on ne parlait d'autre chose dans les rues d'Edo que de l'autorisation officielle permettant aux voleurs à la tire de sévir en toute tranquillité. Bien entendu, la nouvelle parvint jusqu'aux oreilles du shogun.

L'un de ses courtisans prit sur lui de l'informer, un sourire obséquieux aux lèvres.

« Ne vaudrait-il pas mieux, Majesté, empêcher Ooka une fois pour toutes de se livrer à ses extravagances ? » se permit-il encore de suggérer avant de frapper le sol de son front en signe d'extrême humilité et du respect le plus profond.

Le shogun fronça les sourcils et faillit faire convoquer Ooka sur-le-champ. Il se ravisa en se rappelant toutes les affaires que le juge avait réussi à mener à bien par des méthodes souvent peu orthodoxes, et cette réflexion lui fit retrouver sa pondération de maître absolu du pays.

« J'ai autorisé le juge Ooka Tadasuke à agir à sa guise dans cette affaire », décréta-t-il avec dignité. « Pour cette raison, nous devons nous armer de patience et attendre. Je ne veux pas qu'on se mette en travers de sa route. »

Le milieu des malfrats était, lui aussi, en effervescence, car l'avis de Ooka leur donnait du fil à retordre. Les voleurs ne surent que penser, l'échéance fixée par l'ordonnance leur gâchant tout le plaisir des coups particulièrement réussis.

Le maître de la guilde, Kinzo, était le plus préoccupé de tous. « Une autorisation officielle d'exercer la profession de voleur ? Qui a jamais entendu une chose pareille ? » se disait-il en hochant la tête d'un air dubitatif. « Est-ce que cela signifie que Ooka souhaite nous transformer en bourgeois respectables parce que nous détroussons nos concitoyens ? Sûrement pas ! Cela cache quelque chose, mais quoi ? J'ai beau réfléchir, je ne trouve pas le fin mot de l'histoire. Au fond, une autorisation de voler serait la bienvenue. Le mieux sera de convoquer toute la guilde pour en débattre ensemble. En nous y mettant à plusieurs, nous trouverons une solution. »

Sans plus tarder, Kinzo appela Sanji, son lieutenant le plus expérimenté, pour lui ordonner de convoquer tous les membres de la guilde à participer à une session extraordinaire qui se tiendrait la nuit suivante, à l'endroit habituel, après la deuxième ronde de la nuit. Sanji se rendit aussitôt à la place du marché où il était sûr de rencontrer ses compagnons. Il leur murmura à l'oreille le message du maître qui bientôt se répandit parmi les voleurs. Tous promirent de venir, car l'avis énigmatique leur ôtait le sommeil.

L'assemblée se réunit à l'est du quartier de Ryogoku, domaine des bateleurs, des saltimbanques, des lutteurs, des acteurs ambulants et des plus déshérités d'Edo. C'était le quartier des temples abandonnés et des cabarets suspects où la police n'osait s'aventurer à la nuit tombée.

À l'approche de la seconde ronde de la nuit, la cour d'un sanctuaire désaffecté commença à s'animer, se remplissant de silhouettes silencieuses et d'ombres furtives.

C'était, en vérité, un spectacle insolite. Aussi discrets que possible, les voleurs à la tire se fondaient toujours dans la foule, et il fallait que la situation soit bien grave pour les inciter à se réunir tous au même endroit où les sbires de shogun pourraient les cueillir en un tournemain. Conscients du danger, certains s'attardaient à l'ombre des arbres à proximité du temple pour bien s'assurer qu'ils pouvaient s'aventurer plus loin. Les maîtres incontestés de la profession aux tempes grisonnantes mais toujours vifs et adroits, se présentèrent, escortés de leurs compagnons et apprentis, débutant dans le métier et craintifs comme des lapins.

Les voleurs à la tire portaient des tuniques en toile ou des kimonos courts comme les petites gens d'Edo. Compte tenu de leur gagne-pain, ils devaient être les plus discrets possible, ne pouvant se permettre aucune excentricité vestimentaire. Seul l'éclat rusé de leur regard pouvait trahir leur véritable identité auprès d'un observateur avisé.

Cette nuit-là, le ciel était couvert. Le maître de la guilde ordonna à ses lieutenants d'allumer quelques lampions dont la faible lueur transformait cette réunion d'hommes en chair et en os en une assemblée de spectres échappés du monde des ombres.

Kinzo, le plus accompli des voleurs, ce qui le désignait tout naturellement à leur servir de chef, était un homme petit et menu, grand atout dans son métier. Son visage résolu, toutefois, révélait une nature autoritaire. En levant les bras pour ouvrir la séance, les manches de sa tunique glissèrent, faisant apparaître ses bras couverts de tatouages bleus, apanage des membres du milieu d'Edo.

« Vous savez tous pour quelle raison nous nous sommes réunis », commença-t-il. Au même moment, les nuages s'écartèrent devant la lune dont la pâle lueur éclaira la cour du temple. Certains voleurs s'effrayèrent au point de cacher leur visage dans leurs mains.

« N'est-ce pas un mauvais présage ? Le ciel lui-même contribue à notre perte, en nous éclairant de sa lumière », se dirent-ils. Généralement, tous ces hommes étaient plutôt courageux, mais cette fois, ils avaient peur. Ils se mirent tous à jeter des regards furtifs à droite et à gauche pour voir si les gardes n'allaient pas surgir à l'improviste pour les conduire en prison ou tout droit à l'échafaud. Cependant, tout était calme.

« Qui demande la parole ? » Kinzo rompit le silence. L'assemblée eut beau s'attendre à cette question, personne n'osa lever la main le premier. Au bout d'un instant, un jeune voleur aux cheveux noués, installé au premier rang, se décida à demander la parole.

« Parle, Magoshichi », fit Kinzo.

« Nous savons tous pourquoi Ooka veut nous attirer au tribunal », dit Magoshichi. « Une fois qu'il nous aura tous réunis, il nous fera jeter au cachot sans autre forme de procès. Nous n'en sortirons jamais sains et saufs. »

« Il a raison ! » approuvèrent des voix dans l'assistance. « Il ne faut pas tomber dans le panneau de Ooka. Nous n'irons pas. »

« C'est facile à dire », cria un homme grisonnant, vêtu d'un kimono en coton aux motifs bleu foncé qu'il faisait blouser à la taille. « Dans l'avis, il est marqué noir sur blanc qu'un voleur pris en flagrant délit sans autorisation officielle sera exécuté sans possibilité de recours. Je voudrais savoir si quelqu'un d'entre nous souhaite jouer sa vie dans cette affaire. »

« Personne ! » crièrent les voleurs. Certains d'entre eux portèrent instinctivement la main à leur gorge comme pour s'assurer que leur tête tenait encore solidement.

Les discussions allaient bon train. Les voleurs se levaient les uns après les autres pour solliciter la parole. Ils exprimèrent leur avis sans pour autant tomber d'accord. Dominant l'assemblée d'un endroit surélevé, le maître de la guilde écoutait en silence pour ne pas perdre un mot des différentes interventions. Cependant, lorsque dans le feu de la discussion les hommes oublièrent la prudence la plus élémentaire et se mirent à gesticuler, à crier et à s'invectiver, Kinzo se dressa avec autorité et cria : « Silence ! »

Les voleurs se turent instantanément.

« Assez parlé », reprit le maître de la guilde. « Il est grand temps de décider ce que nous allons faire demain. »

Kinzo considéra les visages tendus des voleurs et déclara : « Certains d'entre vous pensent que l'ordonnance est un piège, d'autres affirment qu'on peut faire confiance à Ooka. J'ai bien pesé le pour et le contre en acquérant la certitude que Ooka ne nous jettera pas en prison si nous faisons ce qu'il demande. Si, par malheur, il ne tenait pas parole, plus personne n'aurait confiance en ses ordonnances. »

Un murmure d'approbation parcourut l'assemblée.

« Je propose qu'on lui obéisse. Certes, nous allons avouer que nous gagnons notre vie d'une façon malhonnête, mais Ooka ne pourra rien nous faire, car il n'en aura pas la preuve. Il est de notoriété publique que notre juge n'a jamais condamné personne sans avoir la preuve de sa culpabilité. » Kinzo se tut. Cette fois, aucune voix ne s'éleva dans la foule. Tous attendaient la décision en retenant le souffle, car elle déterminait leur future existence.

« Ooka nous a promis une autorisation officielle pour la somme de trois pièces de cuivre », enchaîna Kinzo. « Que pouvons-nous demander de plus ? »

« Oui, oui, Kinzo a raison ! » approuvèrent les voleurs.

« Pour cette raison, je vous ordonne de vous présenter tous jusqu'au dernier au tribunal, le sixième jour de ce mois, c'est-à-dire demain, à l'heure du Cheval ! Vous devez vous munir de trois pièces de cuivre. Si quelqu'un d'entre vous désobéit, il sera exclu de la guilde. »

Sur ces paroles, Kinzo se retourna brusquement et, sans donner le temps à l'assistance de se ressaisir, il disparut avec son escorte à l'intérieur du temple en ruines. Ce fut le signe pour les autres de se disperser. Les voleurs s'égaillèrent dans des directions différentes, tout en guettant même à cette heure tardive de la nuit, une victime qu'ils pourraient encore détrousser dans une ruelle sombre sans autorisation officielle.

Le lendemain, tout allait changer, et certains pensaient que le métier allait perdre beaucoup de son charme, s'ils n'avaient plus rien à craindre. Le jour fixé par l'ordonnance de Ooka, les voleurs commencèrent à affluer au tribunal, bien avant l'heure. En dépit de leurs beaux habits de dimanche, on sentait qu'ils étaient mal à l'aise et qu'ils auraient préféré être ailleurs.

« Monsieur le juge, ils arrivent ! » cria Aikawa, jeune employé du tribunal. Il pénétra tout excité dans la salle de travail du magistrat, au mépris des règles du protocole les plus élémentaires. « Ils sont très nombreux. Je n'aurais jamais cru qu'il y avait autant de voleurs à Edo. »

« Est-ce que tout est prêt conformément à mes ordres ? » s'enquit le juge.

« Oui, Excellence », répondit Aikawa, en riant sous cape, à l'insu de Ooka. Il savait, en effet, que le juge n'aimait pas qu'on manifestât ses sentiments en service. Mais Aikawa ne pouvait se retenir, en imaginant la scène qui allait suivre.

À l'heure précise du Cheval, la porte du tribunal s'ouvrit et le gardien de la loge fit entrer les voleurs les uns après les autres. Ils passaient devant une table où un employé enregistrait leur nom et leur sobriquet. Ainsi, on vit défiler Borgne, suivi de Sixième Doigt et de Dents longues. Vinrent aussi Froussard et Teigneux dont le caractère ne trahissait pas son nom : renfrogné, il avait tout le temps l'air en colère, comme s'il était sur le point d'exploser.

L'enregistrement terminé, les voleurs durent payer trois pièces de cuivre. Visiblement, ils avaient du mal à s'en séparer, car ils les déboursaient lentement, avec une mauvaise grâce manifeste. Mettez-vous à leur place ! Toute leur vie, ils puisaient plus souvent dans la bourse d'autrui que dans la leur !

À la fin, un employé déposa devant chaque malfrat un document rédigé en ces termes :

« Je déclare sur mon honneur qu'à compter d'aujourd'hui, je porterai sur moi une autorisation officielle qui me donnera le droit de voler. Si je suis pris en flagrant délit de vol sans ladite autorisation, je serai décapité sans aucune possibilité de recours. »

L'idée d'exécution sommaire n'enchantait pas les voleurs, mais bon gré mal gré ils apposèrent leurs signatures sur le document qu'on leur présentait.

Ceux qui ne savaient pas écrire laissèrent au moins une empreinte digitale sur cette déclaration de la plus haute importance.

Quand ils eurent fini de défiler devant la table pour signer le document, Ooka fit signe que l'on apportât les fameuses autorisations qui allaient transformer les voleurs en honnêtes citoyens pour la première fois dans l'histoire du monde. La porte s'ouvrit, livrant passage aux porteurs engagés spécialement pour la circonstance. Ils entrèrent deux par deux, chargés d'un grand panneau rouge en bois de chêne qui portait l'inscription suivante : « Voleur possédant une autorisation officielle. »

Ooka ordonna aux voleurs de s'avancer un par un pour leur accrocher le panneau au cou. Les premiers, pris par surprise, s'exécutèrent, mais les autres ne purent cacher leur rage en se rappelant la

193

déclaration qu'ils venaient de signer. Un voleur affublé d'un tel panneau passait aussi inaperçu qu'un diable à trois têtes. Comment s'y prendrait-il alors pour voler ?

Les voleurs abandonnèrent leurs autorisations et s'enfuirent à toute allure. Ils quittèrent le tribunal, mais aussi la ville d'Edo qui en fut débarrassée, grâce à Ooka, pour longtemps.

Comment choisir le meilleur ?

Le temps fuit comme un cheval blanc au galop que l'on surprend par une porte entrouverte, dit-on à juste titre, dans les îles du Japon. Les années passaient et Ooka remplissait consciencieusement et infatigablement ses fonctions de juge, jour après jour. Sa renommée grandissait sans cesse. Le shogun sollicitait son avis lorsqu'il devait prendre une résolution grave.

Il savait qu'il pouvait se reposer entièrement sur le vieux magistrat qu'il estimait pour sa sagacité et sa pondération.

Un jour, le shogun voulut nommer le responsable de l'administration du budget. C'était un poste d'une importance capitale dont dépendait l'état des caisses shogunales. Parmi d'innombrables candidats, on en choisit trois qui semblaient les

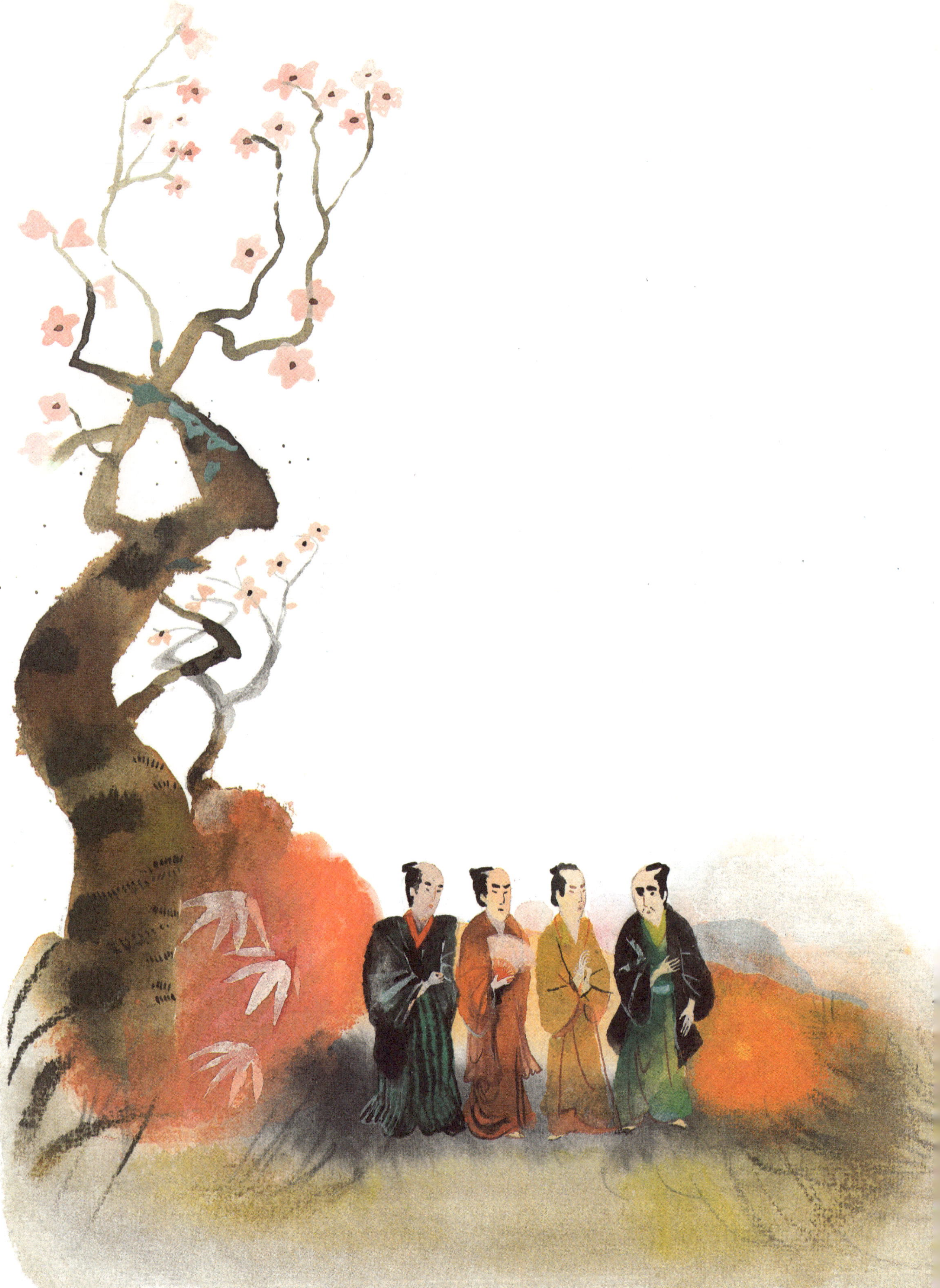

plus compétents. Hélas ! Excellents comptables tous les trois, ils égrenaient les billes en bois de leurs bouliers avec la même dextérité, de sorte qu'il était impossible de les départager.

Comment choisir le meilleur ? Voilà une question à laquelle seul Ooka pouvait répondre. Lui seul connaissait suffisamment la nature humaine, à force de voir les hommes défiler devant le tribunal pour lui offrir le spectacle de leurs faiblesses. Si l'un était avare, l'autre était prodigue. Le fainéant cédait la place au rude travailleur qui risquait à tout moment de s'épuiser à la tâche. Le bavard s'en allait à regret, relayé par un taciturne auquel il fallait arracher chaque mot. Chaque individu avait ses particularités, nul n'était parfait. Ooka ne jugeait personne d'après ses défauts, mais s'efforçait de trouver la clé des comportements et des actions humaines. Ainsi, lorsqu'il fallut choisir entre trois candidats pour la place d'Administrateur du plus haut bureau des comptes, le shogun fit venir Ooka et lui dit : « Mets-les à l'épreuve et choisis le meilleur des trois. Je vais te laisser seul avec eux pour écouter votre entretien, dissimulé derrière une cloison. »

Ooka promit de faire de son mieux et demanda qu'on fasse entrer les postulants. Ils se présentèrent aussitôt, car ils attendaient depuis le petit matin dans l'antichambre pour savoir lequel d'entre eux serait l'heureux élu. En voyant Ooka, ils furent surpris sans pour autant le manifester. Ils s'inclinèrent profondément et attendirent que le magistrat leur adresse la parole.

« Mon maître, sa Majesté le shogun Yoshimune, m'a chargé d'examiner vos connaissances en calcul. Aussi, ne perdons pas de temps et procédons tout de suite à l'examen. »

S'adressant au premier candidat, le juge demanda : « Combien obtient-on en multipliant huit par trois ? »

L'homme qui s'apprêtait à répondre

197

à un exercice difficile regarda Ooka avec étonnement, puis répondit promptement : « Vingt-quatre. » Au fond de lui-même, cependant, il se disait : « En voilà une question ! Ooka doit s'y connaître en calcul comme un enfant de six ans. Je ne comprends pas pourquoi c'est lui qu'on a choisi pour nous départager ! »

Ooka hocha la tête et se tourna vers le candidat suivant : « Quant à toi, tu vas me dire combien on obtient en divisant quarante-neuf par sept ! »

« Sept », répondit l'homme avant que Ooka n'ait fini de poser sa question.

« Bien », approuva le juge.

Vint le tour du troisième et dernier candidat.

« Je voudrais que tu me dises combien cela fait deux cents divisé par deux ! »

Le candidat écouta la question jusqu'au bout. Il hocha la tête avec sagacité, chercha dans la manche ample de son kimono pour en retirer un boulier et, au grand étonnement de ses deux compagnons, se mit à compter.

« Que lui arrive-t-il ? » se demandèrent-ils. « La peur lui a fait oublier tout ce qu'il sait. Quelle honte pour lui ! »

Au bout d'un instant, Bunsho (tel était le nom du troisième candidat) détacha son regard du boulier pour dire : « Cent. »

« Cela me suffit », décréta Ooka et il fit signe aux candidats de s'éloigner.

« Quelle est ta décision, Ooka ? » demanda le shogun avec une curiosité non dissimulée dès qu'ils se retrouvèrent en tête à tête.

« Le dernier candidat est l'homme qu'il vous faut, Majesté », lui confia Ooka. « Bien entendu, ils sont tous d'excellents comptables, mais nous le savions déjà avant l'épreuve. Aussi n'était-il pas indispensable de les soumettre à une épreuve de calcul. Les deux premiers sont incapables de voir au-delà des apparences. Bunsho seul a compris qu'on lui demandait autre chose que de se livrer à un calcul que n'importe quel enfant saurait effectuer. Il savait qu'en répondant tout de suite à une question aussi simple comme l'avaient fait ses compagnons, il tournerait en dérision celui qui l'avait posée. En agissant comme il l'a fait, il a prouvé sa courtoisie et son tact. Je suis convaincu, Majesté, qu'il vous donnera entière satisfaction, une fois nommé à ce poste. »

Et il avait raison…

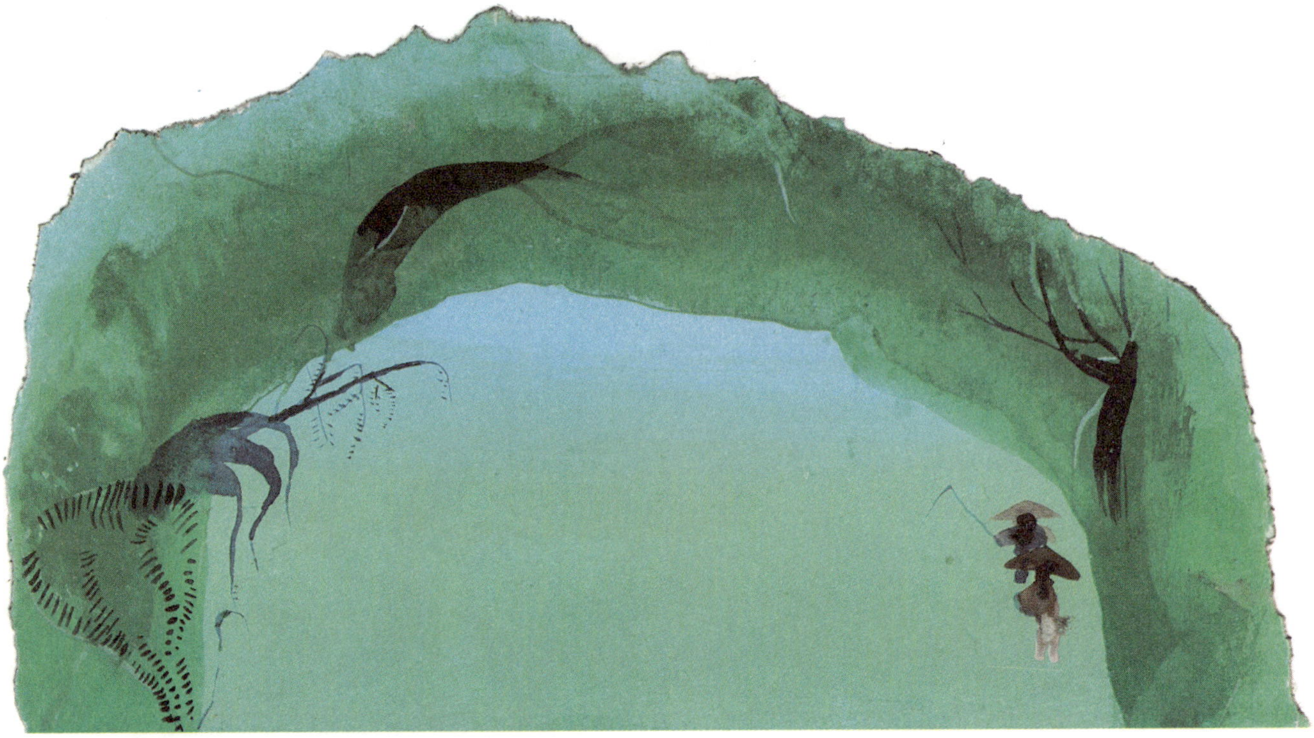

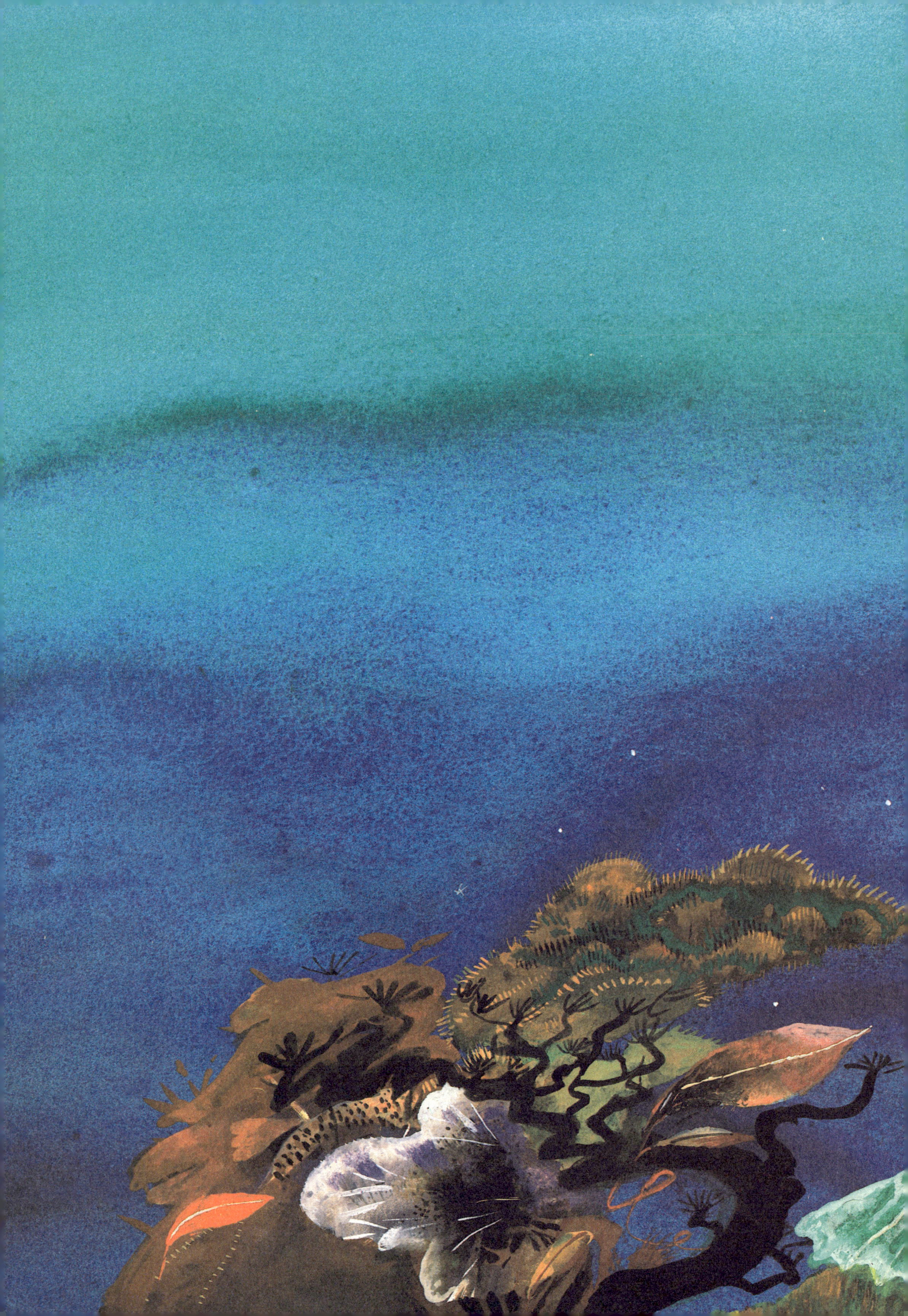

TILLY TORTOISE

A short story by
Leanne Thompson

Tilly Tortoise is 6 and a half,
She loves to play, she loves to laugh.

Tilly Tortoise has
friends-a-plenty,
She probably has more
than twenty!

Tilly loves to read a book,

She skates and scooters and paints and cooks.

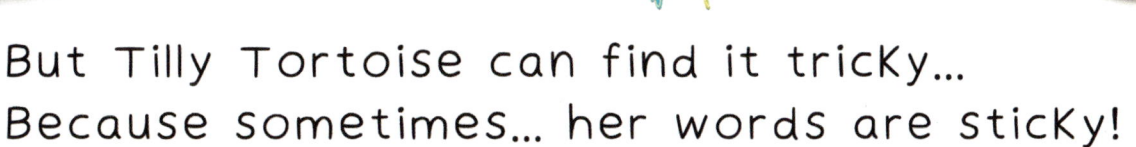

But Tilly Tortoise can find it tricky...
Because sometimes... her words are sticky!

Tilly's off to her friend's party,
Her big pink bow is fastened smartly,
Excitedly she rushes in,
She can't wait to dance and spin!

The lights are bright,
The music is LOUD
Oh my, what a great
BIG crowd!

Tilly's friend leans in quite close,
"You're here!"
She says, the happy host

"You're here!"

But Tilly just can't seem to speak,
Not a sound, not even a squeak.

She tries to talk...
She tries to SHOUT...
But something is wrong-
No words come out!

She hides away inside her shell,
She just can't seem to break the spell

Her friend is waiting patiently-
But Tilly feels sad and peeks at her Mummy...

Her Mummy smiles and with a flurry, says,

> She'll be there soon, no need to worry!

Then whispering softly,

> Just take your time. It's ok, it happens— you'll be just fine!

Tilly is peeping, there's lots going on,
Playing and chasing and dancing to songs

The longer she watches, the better she feels.
She looks at her Mummy, who gently kneels...

Breathe deep, breathe slow...
When YOU are ready, off you go!

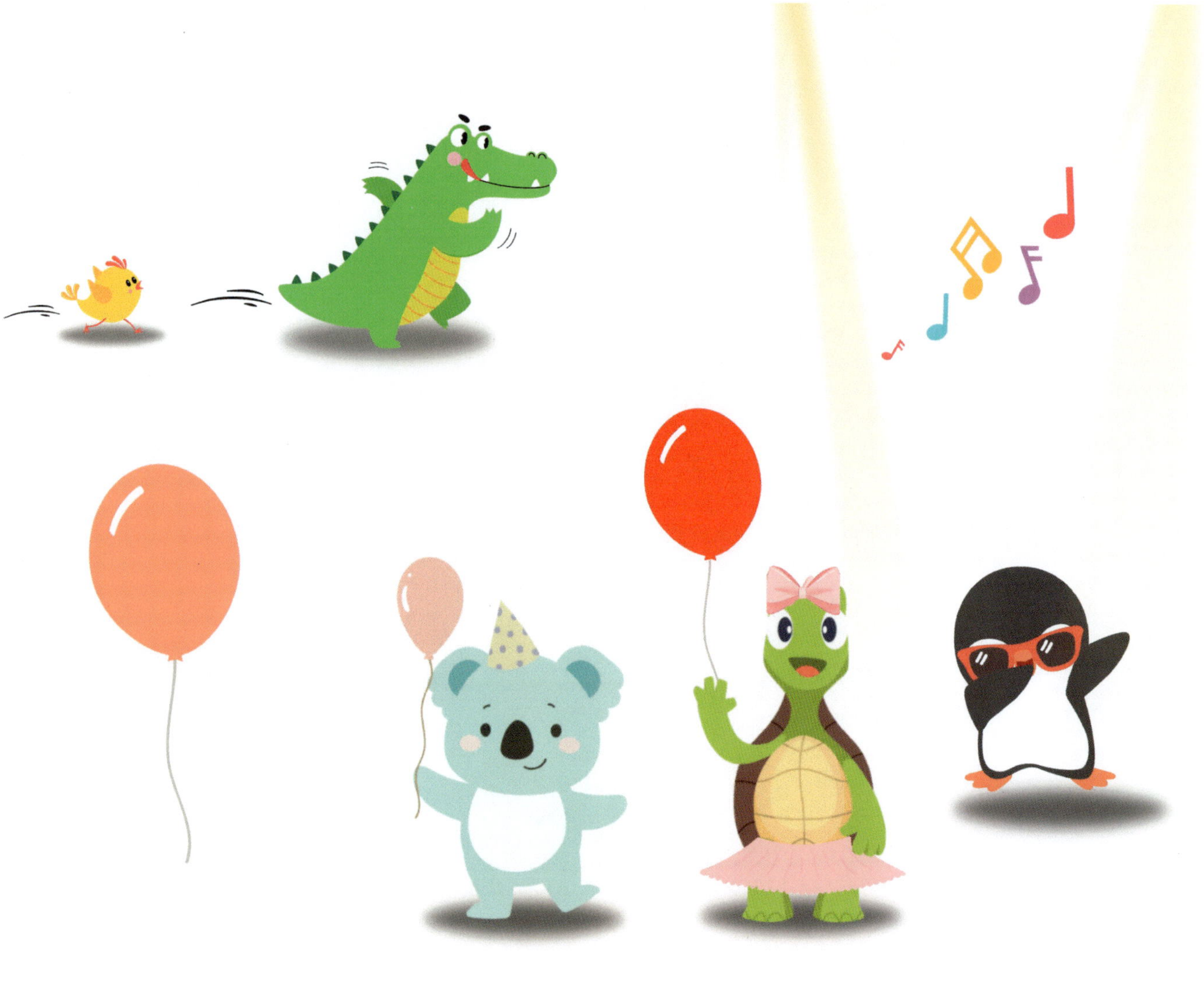

Tilly is going to school today,
All smart in her uniform, she's on her way,

Some friends are ahead going into class,
Her teacher is saying "Hello!" as they pass

Hello!

As Tilly gets closer, her tummy feels funny-
She suddenly wants to hold on to her Mummy!

Tilly's teacher waves 'hello',
"Good morning!" She says, her voice soft and mellow

Good morning!

But Tilly just can't seem to speak,
Not a sound, not even a squeak.

She tries to talk...
She tries to SHOUT...
But something is wrong—
No words come out!

She hides away inside her shell,
She just can't seem to break the spell

Her teacher is waiting, she must wonder why-
Tilly feels like she just might cry...

Her teacher says, "High five!" And winks at Mum,
Reminds Tilly,

"It gets easier, you'll have so much fun!"

Then whispering softly,

"Just take your time— You don't have to be chatty— being yourself is FINE!"

Tilly is peeping, her classroom is busy,
Chalking and stacking and spinning until dizzy,

The longer she watches, the better she feels,
She looks at her Teacher, who gently kneels...

Breathe deep, breathe slow...
When YOU are ready, off you go!

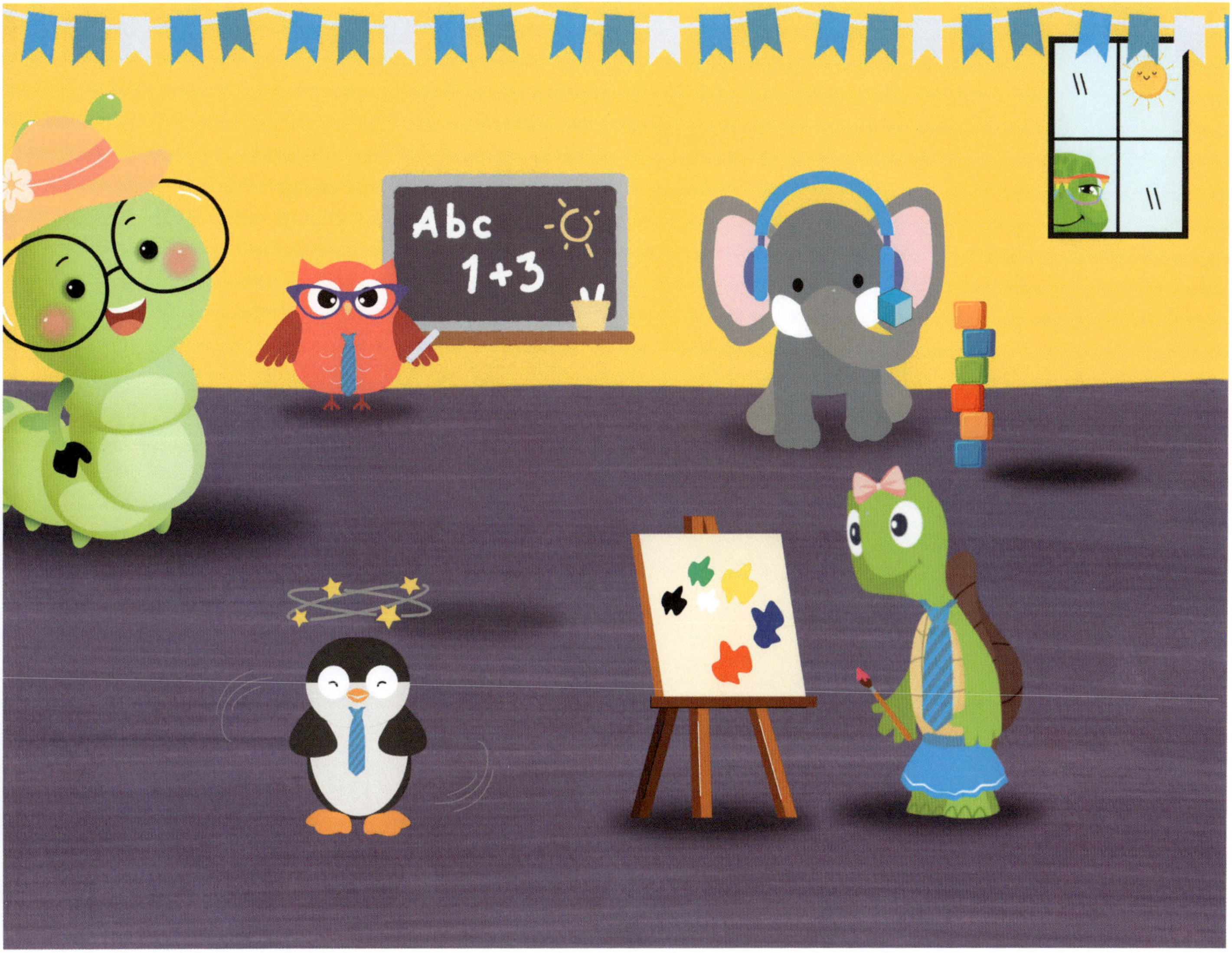
Abc
1+3

Tilly is going to the supermarket,
She's excited to put things into Mummy's basket

She helps find things and reads the list,
She holds money tightly in her fist

It's time to pay, they're next in line,
She knows what's next- it's talking time...

The cashier says, "Is this all for you?"

Tilly looks at the shopping, then looks at the queue,

But Tilly just can't seem to speak, Not a sound, not even a squeak.

She tries to talk...
She tries to SHOUT...
But something is wrong-
No words come out!

She hides away inside her shell,
She just can't seem to break the spell,

The cashier is smiling, but the queue seems mad-
They're in a hurry and Tilly feels bad...

The cashier nods kindly and says,

> Oh I see!
> Maybe the shopping is for you
> AND your Mummy!

Whispering softly,

> You don't need to chat,
> we'll pack these together,
> how about that?

Tilly is peeping, the cashier is fast!
The till beeps, the bags packed, time to pay at last,

The longer she watches, the better she feels,
She says to herself standing tall on her heels-

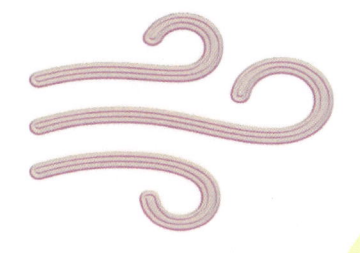

Breathe deep, breathe slow... When YOU are ready, off you go!

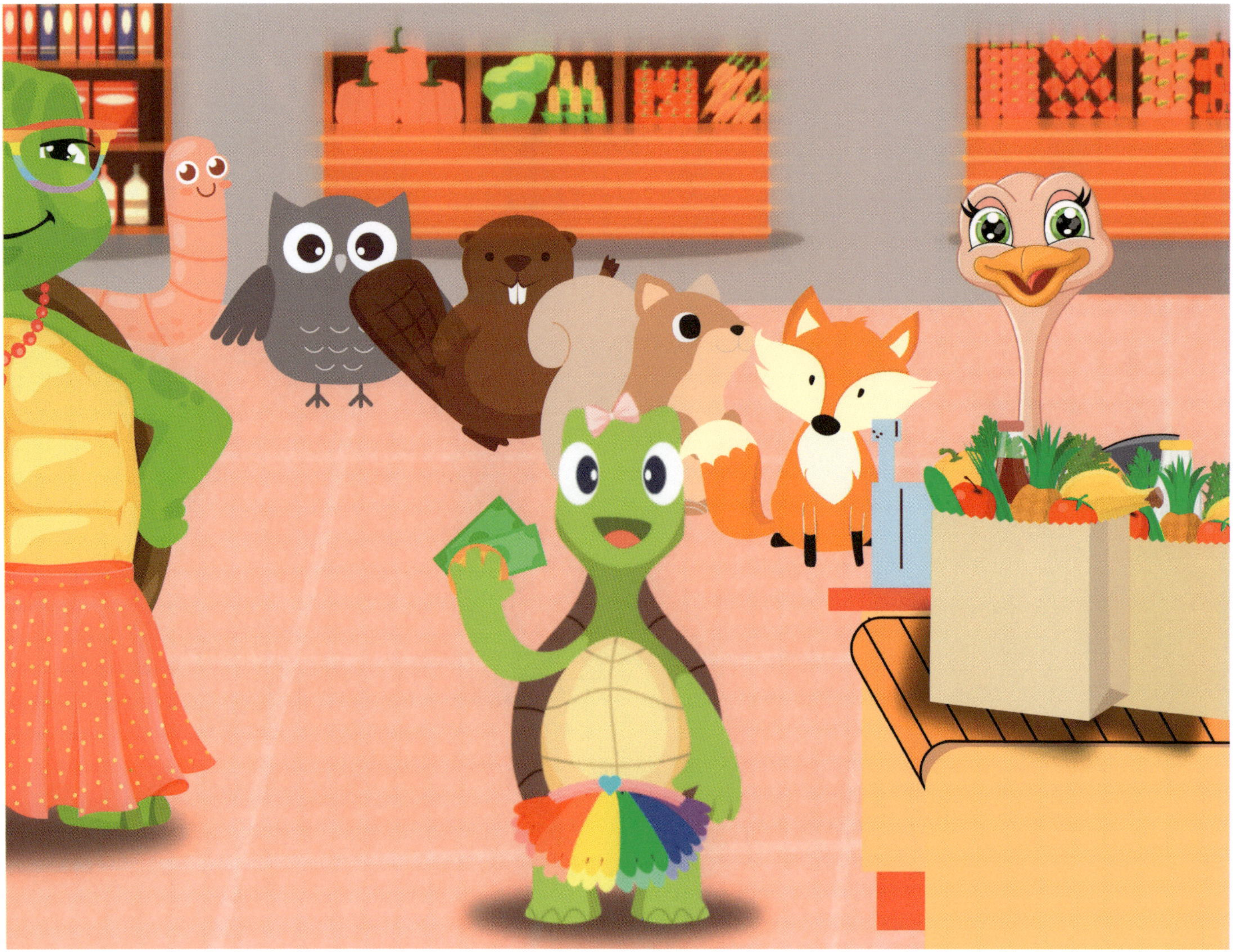

A note from the author:

The intent for this book is to be the first in a series of lighthearted, rhyming stories with endearing characters that explain differences to children in a way they can relate to and understand, but also help adults and peers understand how to help and support in moments of difficulty.

Covering a variety of differences and divergence- including situational mutism, tics, sensory processing difficulties, autism, adhd, ARFID and more- offering an opportunity to introduce the topic of additional needs and disabilities in education settings in an indirect way to teach about differences and accommodation.

With heartfelt thanks to my children, Ollie, Piper and Arya, the inspiration for these stories and for their unwavering belief in a world that can learn to understand and accommodate the needs of others. To my husband, Kit, my biggest supporter, ever encouraging of my creativity and reminding me of my strengths when I forget. To my dear friend Dean, a constant source of reassurance, support and comfort in my life and reminding me of the example I want to set for my children. To Trudi, for lighting a fire in my soul for supporting children and young people with SEND purely by how much she cares. To my friends, for lighting up my life, giving their time selflessly to indulge my many ideas to change the world for the better and joining me for the ride.

My circle is small but mighty- I thank you all

Leanne

Printed in Great Britain
by Amazon